最後に手にしたいもの

吉田修一

集英社文庫

目次

最後に手にしたいもの

中国のルート66

あまり賛同を得られないのだが、中国とアメリカはどこか似ていると常日頃から思っている。北京や上海のような大都市をニューヨークやロサンゼルスと比べても、さっぱり何が似ているのか分からないと思うのだが、もう少し郊外へ出てみると、そこに広がる風景というか、土地の使い方というか、その大雑把というか、鷹揚《おうよう》な感じが見事に重なって見えてくる。

世代的には、ＭＴＶ、ＹＡスター、と八〇年代のアメリカ文化にどっぷりと浸《つ》かっていたので、青春映画を見てはバイキング形式の高校のランチや自分専用のロッカーに憧れ、どうして日本にはプロムがないのだろうかと残念に思っていた。当然、雄大な自然の中、どこまでも続く一本道（たとえばルート66とか）をドライブできたらと思っていたし、大学生になり、バイト代を貯《た》めて初めての旅行先に選んだのもアメリカだった。ただ、今の若い人が当時の僕らと同じような感覚で、アメリカに憧れているとは思えない。実際、友人の娘さん（十七歳）は、アメリカよりも韓流ドラマの影響で韓国の学園生活をうっとりと眺めているという。

そこでふと思うのだが、近い将来、僕ら世代が好きな音楽を聴きながらルート66の雄大な景色の中をドライブしたいと憧れたように、中国のルート66（？）をドライブしてみたいと考える若者が出てくるのではないだろうか。どこまでも続く一本道、空はでかく、雲は大きく、巨大な看板が流れていく。立ち寄るのは美味《う》《ま》いハンバーガーを出すドライブインから、美味いワンタンを出す食堂に変わるかもしれないが、きっとあの当時、僕らが感じた何かを同じように感じるのではないかと思う。

こんなことを考えるのも、実は昨年（二〇一一年）、北京から天津とても短い距離ではあったが、初めて中国を車で移動したからだ。これまで何度か中国を訪れたことはあったが、飛行機、電車での移動はあっても車はなかった。

北京、天津間にはもちろん高速道路が走っており、大都会の北京を出ると、徐々に空が大きくなってくる。高速沿いには巨大な工場がぽつぽつとあり、あとは中国特有の赤土の畑が広がっている。

アメリカでも感じたことだが、いくら走ってもさほど景色は変わらない。遠くに見える雲はいつまでも遠くにあるし、この道には終わりがないのではないかと思う。

途中、休憩で立ち寄ったサービスエリアは、基本的に日本と変わりなかったが、何を買えばいいのかと目移りする日本と違い、どちらかといえば商品数は少なく、必要なものだけが並んでいる印象だった。よく耳にすることだが、トイレには少し驚かされた。サービスエリアならどこにでもあるような広いトイレなのだが、いわゆる個室のドアを閉めない習慣があるようで、知らずに入るとかなり衝撃を受ける。ただ、日本でも一昔前の海水浴場なんかこんな感じだったよなぁとも思うので、知ってしまえばことさら大袈裟《おおげさ》に騒ぐ必要もない。たぶんドアを閉めると暑い。それだけの理由なのだと思う。

天津を訪ねたのは、拙著『太陽は動かない』の取材のためだったのだが、主要目的地は北京、内モンゴルで、天津ではスタジアムを見学する以外に予定がなかったこともあり、わりと余裕のあるスケジュールだった。

そこでせっかく天津へ来たのだから、ラストエンペラーこと愛新覚羅溥儀《あいしんかくらふぎ》が紫禁城を出たあとに暮らした別邸「静園」を見学に行った。映画『ラストエンペラー』は一九八七年にベルナルド・ベルトルッチ監督によって撮られた名作で、初めて見た時の衝撃は未《いま》だに忘れられない。当時は十代で、まだ時間というものをうまく捉えることができていなかったのだと思うのだが、清王朝の天子が歴史のうねりの中で一人の人間となり、かつて自分が座っていた紫禁城の玉座を見に、チケットを買って入場するラストシーンでは、それまでに感じたこともない無常を味わった。

考えてみれば、当時からアメリカに憧れていた反面、どこかで中国という国のダイナミックさに心惹《ひ》かれるものがあったのかもしれない。

おそらくこれまでに『ラストエンペラー』は十回以上見ている。もちろん原作となった『紫禁城の黄昏《たそがれ》』も読んだし、関連する本もほとんど読んだのではないかと思う。大袈裟に言えば、これが日本や東アジアの近現代史に興味を持つきっかけにもなった。なので、天津で自由時間ができた時、「だったら、静園に行ってみましょうよ」と誘った口調は軽くはあったが、内心、アメリカのルート66をドライブしましょうよと誘うくらいの高揚感があったのだと思う。

静園までは美しい建築物が残る旧租界地区を抜けながら向かった。映画を見たことがある方ならご存知だと思うが、当時溥儀は日本の庇護《ひご》を受けていたため、静園も旧日本租界にある。ここ天津の静園での若き溥儀はジャズを歌い、華麗にダンスを踊る洗練された上流階級の紳士として描かれている。

タクシーを降り、いよいよその静園を前にしたら、映画や本から感じた大きな歴史に押し潰されるのではないかと危惧していた。しかし実際に目の当たりにした静園は日を浴びた瀟洒《しょうしゃ》な別邸で、門の横の受付ではチケット売りの女性たちがかしましくおしゃべりしており、優雅な庭にはカフェテラスもあって、危惧していたほどの衝撃はない。

チケットを買い、本館に向かうと、愛想の良いスタッフが靴に被《かぶ》せる袋をくれる。片足立ちで、なかなかうまく被せられずにいると呆《あき》れたように笑っている。

館内は清潔で快適、見学しやすいように順路も完璧で、当時を偲《しの》ぶ家具や写真が展示されている。かなりの心構えをして来たわりに、実際に入ってみると、地元長崎にあるグラバー園とさほど印象は変わらない。十代の時に感じた得体の知れない無常感が蘇《よみがえ》るのではないかと思っていたが、わりとさくさく順路を進んだ。最後に入った資料室では、当時のニュース映像（日本人には見るのがつらい）が流れており、たまたま一緒に入ってきた中国人の若いカップルと見ることになったのだが、薄暗い資料室のスクリーン前で、このカップルが互いの手の大きさなどを比べたりしてイチャイチャしてくれたので助かった。

見学を終えて、庭のカフェテラスに出た。真っ青な空の下、白壁の静園は美しく、なんとものんびりとした気分になれる。なかなか注文を取りに来ないので、館内に入っていくと、カフェスタッフの男子は売店スタッフの女の子と談笑していた。

「あの、アイスコーヒーを」と僕。

「はーい」ってな感じのスタッフ。

前述したが、本当にいろいろな思いを抱えて、ここ静園にやってきたはずだったが、感じのいいスタッフの笑顔に笑顔で応えてテラス席へ戻る時には、なんとも言えぬ幸福な気持ちになっていた。アメリカを初めてドライブした時に、少しドキドキしながら入ったドライブインで、赤い髪のウェイトレスから、「ハーイ」と笑顔で迎えられた時のような。

台北でマルーン5

マルーン5というアメリカのバンドをご存知だろうか？　二〇〇二年にデビューした五人組のバンドで、ファーストアルバム『Songs About Jane』は日本で六十万枚、全世界で一千万枚を売り上げており、グラミー賞では最優秀新人賞を受賞している。このアルバムの中でも、「This Love」「She Will Be Loved」「Sunday Morning」などは特にヒットし、日本でも大手自動車メーカーや化粧品会社のCMに使われていたので、聞けば「ああ、あの曲か」と思い出される方もいるかもしれない。

このマルーン5が今年（二〇一二年）の夏、最新アルバム『Overexposed』を引っさげてワールドツアーを行った。デビュー当時から大ファンだったので、ぜひライブに行きたいと当然思う。ただ、根が不精なため、なかなかそのために動き出せない。ツアーの開催を知ってから、あっという間に月日は流れ、ふと思い出してチケット予約状況を調べてみれば、まだ三ヶ月も先だというのに十月二日の（日本武道館）公演は既にSOLD OUT、いつものことだが、「ああ、もっと早く予約しておけばよかった」と後悔して終わってしまう。

だが、今回は少し事情が違った。いつものように諦め気分で数日が経《た》った頃、なんとなく名残惜しくてマルーン5の公式ホームページを見ていると、東京公演の数日前に行われる台北公演のチケットがまだ発売中だったのだ。

日時は九月二十九日の土曜日。「ん？」と、ふとあることに気づいてカレンダーを見れば、やはりこの週末に台湾旅行を計画していた！ 木曜日に出て日曜日に帰る三泊四日。まさにマルーン5を見るために計画されたような予定である。すぐに調べてライブのチケットを手配した。ちなみに以前はあまりなかったが、最近ではミュージカルや演劇などの定期公演以外でも、こういった海外での催し物のチケットを手配してくれる旅行代理店が増えているので大いに助かる。

このチケットが取れた奇跡（？）を興奮気味に台湾の友人に伝えると、「三ヶ月も先のチケット？ 台湾なら前日にだって買えるよ」と笑われた。この友人は台湾人の中でも特にのんびりしているので、あまり参考にならないが、たしかにこういった日本人の予約に対するせっかちさは、他の国の人たちを少し驚かせるのかもしれない。ちなみにマルーン5のアジアツアーで発売後すぐに完売したのは東京とソウルだけで、他の都市のチケットはわりとのんびりと売れていったような印象がある（南国になればなるほど）。

さて、月日は更に流れて、約一年ぶりの台湾に到着。秋というのはどの都市でも気持ちがいいものだが、ここ台北もまたその例にもれず、日差しは強いが木陰に入ると涼しい風が吹き抜けて、民生東路の路地や、東区のカフェのテラスや、饒河街《じょうががい》観光夜市の片隅でふと気がつけば心を洗われるような気分になってくる。

そんないつもの台湾を味わいながら、三泊四日の最後の夜、いよいよマルーン5のライブに向かった。場所は101ビルやグランドハイアット、新光三越などが並ぶ台北屈指のトレンドスポット信義地区で、会場は七千人を収容する世貿二館と呼ばれるところだ。この会場、普段は見本市などにも使われる大きなホールで、マルーン5のライブも全席スタンディングとなる。

一応、一番良いエリアを予約していたので、早く行けば行くほどステージに近い場所を確保できるのだろうが、チケットもなかなか予約できないくらいの不精者が、その日だけ別の人間になれるわけもなく、結局ホテルを出て会場についたのが開演の十分前だった。そういえば日本のライブチケットには開場と開演時間が記されているが、台湾には開演時間しかなかったような気がする。

開演十分前でも、まだ続々と客は入場していたが、中に入ると場内では大観衆の声と熱気が風のうなりのようなざわめきとなり、ときどきそれが一つになって場内を包み込む。いやがおうでも期待と興奮は高まり、年甲斐《としがい》もなくその場でステップの一つも踏んでみたくなる。

さっきも書いたが全席スタンディングだったので、どうしても前後左右の人たちと体が触れる。近くに立っているのは、大学生らしき男女の台湾人グループ(七、八人のグループで、とにかく楽しそうに笑い合い、ステージをバックに自分たちの写真を撮ってはツイッターなどに載せていた)、目の前にいたのは、まだ十歳くらいの女の子とその両親で、大人に囲まれた小さな娘が圧《お》し潰されないように、若いパパは終始心配している。また右隣には、五十代の白人男性と台湾人女性の夫婦が立っており、背後から奥さんを抱きしめる旦那さんに、奥さんが甘えて寄りかかっている。他にもキスをし合う台湾人の若いカップル、女の子同士で賑《にぎ》やかなグループ、男同士女同士のカップルもいて、みんながマルーン5の登場を今か今かと待っている。

人を踊らせるというのは、途轍《とてつ》もない力だと思う。それは音楽の力であり、音楽を信じている者たちの力であり、そして喜ぶということを知る力なのだ。

七千人の観客が待ちに待ったマルーン5は、この夜、期待以上のパフォーマンスを見せてくれた。大ヒット曲の「This Love」では、ボーカルのアダムの声さえ掻《か》き消すほどの大合唱が起き、「Moves Like Jagger」では誰もが踊らずにはいられなかった。途中、韓国人歌手PSYの「江南《カンナム》スタイル」(全英チャートで一位)を彼が真似《まね》て、観客は更に盛り上がる。

前に立っていた十歳くらいの女の子はお父さんに抱かれて踊っていた。その様子をお母さんが微笑《ほほえ》んでみている。五十代の白人男性と台湾人女性の夫婦も心から楽しんで踊っている。台湾の若者たちは大声で歌い、踊り、拳を突き上げ、女の子同士が可愛《かわい》らしくキスをして、誰もがこの時間をいとおしむような笑顔を浮かべている。

ライブが始まる前、立ち位置の奪い合いで小さないざこざはあった。あとから入ってきたグループが無理に前へ行こうとして、年配の女性に注意される。注意されれば、彼らも素直なもので、「すいません。でへへ」とばかりに苦笑して、突入してきた道を素直に引き返した。それでも歌い踊っているうちに、立っている場所は変わっていく。ライブの終わり頃、ふと気がつけば、注意した女性と注意された若いグループが近い場所で楽しげに踊っているのが見え、なんとも気分が良かった。

今回のことを僕自身の体験として語れば、次のようになるのではないかと思う。日本に暮らしているにもかかわらず、台湾という異国で、マルーン5というアメリカのバンドのライブを世界各国の人たちと見た。そこではアメリカ人のボーカルが韓国人歌手を真似て会場を盛り上げ、素晴らしい歌があり、中国語での楽しげな語り合いがあり、もしかするともっといろんな国の言葉での喜びもそこにはあって、僕はその光景を日本語で伝えようとしている。

最近アジア各地のニュースをよく目にする。そして考えてみた。浮かんできたのはとてもシンプルな言葉だった。

信じている。

そう、僕は信じているのだと思う。でも、何を？　たぶんマルーン5のライブ会場で味わった「喜び」のようなものだろうか。

ビバ・パタヤ！

数年ぶりにバンコクを訪れることになり、このことを旧知の友人夫妻に伝えると、なんと彼らもその時期にパタヤにいるという。聞けば、この夫妻、ここ四、五年、毎年この時期にパタヤで長期休暇を過ごしているらしい。

「せっかくだし、日帰りでパタヤにも遊びに来れば？　車で二、三時間だし」

そう誘われた時、同時に二つの思いが胸に去来する。一つは「雨期とはいえ、海で泳げるのは魅力的」というもの、そしてもう一つが、「パタヤかぁ……」である。

正直なところ、最近パタヤという地名をあまり耳にしない。それこそ二十年ほど前、まだ若干バブルの余韻が残っていた頃であれば、誰もかれもが口を開けば、「夏休みはパタヤでパラセイリングしてきた。プーケットの高級ホテルに泊まった」などと、あの辺りのリゾート地の名前がキラ星のように語られていたような気もするのだが、それもひと昔、いや、ふた昔も前の話なのだ。

ただ、この旧知の友人夫妻は、センスが良い。友達としての贔屓目《ひいきめ》を抜きにしても、人生の楽しみ方にセンスがある。とすれば、この夫妻が四年も五年も飽きずに通い続けているのだから、現在のパタヤにも何かあるはずである。

ということで、バンコクを満喫した帰国日前日、市内から車を飛ばし、日帰りで彼らが待つパタヤに向かった。

あいにく雨期なので、どんよりとした空に浮かぶ雲は、ギリギリのところで雨を我慢しているようだった。高速を降りて、パタヤ市街地に車が入ると、そんな曇天の下にもかかわらず、細い路地には賑やかな看板が並び、これ以上の軽装はないんじゃないかと思うような格好の人々が、これ以上のんびりは歩けないんじゃないかと思うようなスピードで、リゾート感たっぷりの通りを歩いている。バンコク市内よりも欧米人の姿が目立ち、ドライバーのゴルフさんに尋ねると、「最近パタヤはロシア人が主流だね」ということだった。

友人夫妻が泊まっていたのは街の中心部にあるホテルで、ホテルを出れば屋台街、すぐそこは海という絶好の場所だった。ホテルの駐車場に車が入っていくと、そのホテルから当の夫妻がぶらぶらと歩いてくる。すでにパタヤ滞在三日目にして、その「ブラブラ」と音が出そうな歩き方がパタヤの観光客そのものになっている。

「ごめん、遅くなって」と車を降りると、「おなか減ったから、ご飯食べに行こうかと思って」と夫妻。約束の時間に一時間も遅れていたのだが、パタヤの観光客と化した彼らには、一時間の遅刻など気にもならないらしい。そしてその理由が、彼らと一緒にビーチに向かって歩き出してすぐに判明した。

一言で言ってしまえば、ゆるい、のである。

何がゆるいって、街の雰囲気というか、空気というか、時間というか、街にいる人というか、とにかくその何もかもが、ゆるい、のだ。そして、このゆるさがまた、街を歩き出して五分で分かるくらいに、ゆるい。

「何、このゆるさ？」と、思わず友人夫妻に尋ねると、「え？　もう分かった？　ね？　いいでしょー？」とご満悦である。

このゆるい感じをどうにか読者の方に伝えたいのだが、これがなかなか難しい。以前、ポルトガルのリスボンに行った時、似たような感覚を味わった。時間が止まっているわけではなくて、動いてはいるのだけれども急《せ》かされないというか……。街に活気がないわけではないのだけれども、神輿《みこし》は三十分前に通り過ぎました、みたいな……。なんとも中途半端な「終わった感」が漂っているのだ。

結局、昼食はビーチで食べることになり、乗り合いタクシー（トラックの屋根つき荷台に詰めれば八人くらい座れる）で向かうことになった。友人夫妻によれば、パタヤではこの乗り合いタクシーが主流らしく、普通は通りで手を上げて止めるのだが、この時はたまたまドライバーが休憩中のそれが通りに停《と》まっていた。

「〇〇ビーチまで」と友人夫妻。

「百五十バーツでノンストップ。どう？」とドライバー。

ちなみに通常は一人二十バーツで乗れるらしい。こちらは僕の連れもいたので四人、通常なら八十バーツだから倍の値段をふっかけていることになる。ちなみに前日までバンコクにいたので、この手の交渉には辟易《へきえき》していた。タクシー運転手にしろ、トゥクトゥク運転手にしろ、みんながみんな悪い人ではないのだが、中には悪意丸出しの人もいて、正直うんざりさせられたあとのパタヤだった。

倍の値段をふっかけられたところで数百円のこと、ここはもう乗っちゃうだろうと思ったのだが、「百バーツは？」と友人夫妻が交渉し出す。

あーあ、始めちゃった。ここからが面倒なんだよなー、と思った矢先、「オッケー。百バーツ」とドライバーさん。思わず、「ウソ？」と声が漏れた。本来なら一人二十バーツでまず八十バーツ、その後は僕ら以外の客も乗せられるのに、四人で百バーツ、その上ノンストップだと、どうみても損になる。「とりあえずふっかけてみましたが、あいさつみたいなもんですから」的なドライバーさんの態度に、またもや「ゆるっ……」と思わず声が漏れる。

こうなるともう、友人夫妻が連れてってくれるというビーチにも、別の意味で期待してしまう。そしてまた、パタヤはその期待を裏切らない。

夫妻行きつけ？　のビーチに着くと、二人はやはり行きつけのビーチハウスに向かう。顔見知りらしいビーチボーイたちがビーチチェアーを整え、早速僕らは横たわる。普通ビーチボーイは準備が整えば去るのだが、ここのビーチボーイは違う。自分が準備して、僕らが横たわっているビーチチェアーの端にデンと座り込み、「今日、雨だから客がいなくてー」などと世間話を始めるのだ。話しかけられれば、こちらも「そうなんだー」と応えるしかない。そのうち「アイスクリーム！」と声を上げて売り子が近づいてくる。何度も僕らの前を通り、最後には目の前で仁王立ちする。せっかくビーチに来て、海が見えないのも癪《しゃく》だし、買えば消えてくれるだろうと、「いくら？」と尋ねると、「ワン・ハウス（家一軒）」

と応え、そこにいるビーチボーイとケラケラ笑い合ったかと思うと、そのまま「アイスクリーム！」とまた叫びながらどこかへ行ってしまうのだ。一切、売る気なし。

実際、この日は雨が降り出し、早々とビーチをあとにしたのだが、雨の海で泳ぐのも気持ちがいいもので、短時間ではあったがパタヤの海を（いろんな意味で）堪能《たんのう》できた。その夜、やはり友人夫妻に連れられて、海に迫《せ》り出したレストランのテラス席で海鮮料理を食べた。東京だったら、ちょっと気恥ずかしくなるようなロケーションだったので、せっかくだからと傘なんかがついたトロピカルカクテルなぞも注文してみた。もうこの頃になると、すっかり僕もパタヤの観光客化しており、何をやっても楽しくて仕方なく、帰りの時間が近づくごとに、「なんでパタヤを日帰りにしたのか。ずっとこっちに滞在すればよかった」と早くも後悔し始めていた。

さっきも書いたが、このパタヤの魅力をどうもうまく説明できない。そこで最後にどうにか捻《ひね》り出したのが次の文章になる。

最近のパタヤはあまり活気がないと言われる。ビーチの砂浜は浸食されて減り、海がきれいなわけでもない。もちろん観光地だから治安に用心は必要だし、買い物でふっかけられることもある。はっきり言ってパタヤは輝かしい一時代を終えた街なのだ。

だが、パタヤの観光客化した人間としてこう言いたい。

「ええ、知ってますけど……、それが、何か？」と。

快速電車は埼玉を走る

数年前から自身の公式ホームページなるものを作ってもらっている。新刊が出たり、映像化が決まったりすると、ここで報告しているのだが、中に公式ツイッターがリンクしてあって、こちらもまたサイトの編集をお願いしている知人が、気が向いた時にうまいこと呟《つぶや》いてくれている。と、ここまで読んでもらえば、いかに僕がこの手のものに疎いか分かってもらえると思うのだが、本人としては、そこで何が行われ、何が共有されているのか、よく分かっていないながらも、「公式ホームページがある」というのはわりと自慢だったりする。

ツイッターも自身ではまったく呟かないのだが、人の呟きを読むことはある。というのも、新刊が発売されると、最近ではまず読者の感想がこのツイッターに載ることが多いのだ。なので、発売直後などは日に何度も自身の名前や新刊のタイトル名で検索をかけ、読者の感想を、喜んだり、感謝したり、凹《へこ》んだりしながら読ませてもらっている。

昨年（二〇一二年）の四月のことになるが、ある新刊が出たばかりで、この時もまた、よくツイッターを覗《のぞ》いていた。

そんな四月のある日、拙著『横道世之介《よこみちよのすけ》』が映画化されることになり、その撮影現場を見学に行くことになった。撮影場所はさいたま市の埼玉大学キャンパスで、なんでもサンバサークルに入った主人公が学園祭で踊るシーンを撮るという。季節は春、その日真っ青な空には雲もなく、撮影日和というか、僕ら見学者にとっては最高の行楽日和だった。

新宿駅から埼京線に乗り、南与野駅へ向かう。出版社や映画会社の方々とはこの南与野駅で待ち合わせていたので、新宿から一人で電車に乗り込んだ。日曜日の昼頃で、下りの電車内は空《す》いており、日を浴びたシートにちらほらと乗客がいる程度だった。仕事柄、普段あまり電車に乗らないので、こういう機会だとちょっとした観光気分になり、窓の外を流れていく景色も新鮮に映る。その上、春の日を浴びた座席は居眠りしたくなるほど心地よい。目の前の座席でもなんだか眠そうな男子学生が一人、携帯をいじっている。電車が埼玉県に入った辺りで、景色を眺めるのにも飽き、「あ、そうだ。新刊の感想を読もう」とツイッターを開いた。早速「吉田修一」と打ち込んで検索してみる。

〝うわっ、目の前に作家の吉田修一すわってるよ〟

一番上にそう書いてある。一瞬、思考が停止した。で、改めて読んでみる。

〝うわっ、目の前に作家の吉田修一すわってるよ〟

やっぱりそう書いてある。ちなみに書き込まれたのは一分前である。

理由は分からないが、なんだか無性に恥ずかしい。恥ずかしくて顔が上げられない。この一分の間で目の前に僕が座っているのだから、書き込んだのは目の前にいる眠そうな学生に違いない。ちらっと顔を上げて様子を窺《うかが》ってみると、素知らぬ顔で呑気《のんき》に中吊《なかづ》り広告なんかを眺めている。こっちも無防備だったが、彼もまた、まさか自分のツイートが目の前の本人にリアルタイムで読まれるなどとは思っていない。互いに無防備。でも繋《つな》がっている。これがツイッターの醍醐味《だいごみ》か？　などと感じながらも、なんとも微妙な空気が漂い始める。

テレビに出るような小説家なら慣れているのかもしれないが、僕のような出不精の小説家の顔を覚えてくれている人など稀《まれ》だし、と思えば、本心ではとてもありがたいのだが、ここでたとえば〝新刊、面白かったです！〟という呟きであれば、「読んでくれて、ありがとう！」と、キリッと紳士的に声をかけられても、〝うわっ、目の前に作家の吉田修一すわってるよ〟だと、正直対応に困る。「顔を覚えていてくれてありがとう」ってほどの感動ではないし、「はい、そうです、吉田です」だとヘンなおじさんだし、かといって今さら他の乗客と同じように完全に知らぬ仲で通すのもわざとらしい……。結果、微妙な空気を漂わせたまま、二人を乗せた快速電車は埼玉を走り続けることになる。

そう言えば、先日、劇団モダンスイマーズの『楽園』という芝居を観に行った。深沢敦《ふかざわあつし》さんをはじめ全出演者たちの怪演に圧倒される芝居だった。この公演後、久しぶりに会った友人とロビーで話をしていたのだが、この友人と一緒にいらしていたフリーアナウンサーの中井美穂さんに、偶然にもご挨拶することができた。ご本人には恥ずかしくて伝えられなかったが、実はこの女子アナの中井さんは僕が東京で初めて見た「テレビに出ている人」なのだ。代官山のなんとかという有名な洋服屋の前ですれ違っただけなのだが、それからしばらくの間、〝この前、女子アナの中井美穂見ちゃったよ〟などと、決して品が良いとは言えない伝え方で友達に自慢していたことを思い出す。

二月二十三日から全国ロードショーとなる『横道世之介』は、そんな、〝この前、〇〇見ちゃったよ〟とか〝うわっ、目の前に〇〇すわってるよ〟などと言ってしまうような、決して品が良いとは言えない十八歳の大学生「横道世之介」の物語で、この辺りの品のなさというか、若さというか、率直さというか、青年が持つ偉大なおおらかさを、高良《こうら》健吾くんが実に見事に演じてくれている。そして、この「横道世之介」という青年の善良さ（それは実に伝わり難《にく》い種類のものなのだが）を、誰よりも先に発見し、疑うことなく独特な愛情で更に輝かせる恋人役を吉高由里子さんが演じており、その魅力的な笑顔は、青春期という時間の喜びだけでなく、生まれると同時に消えていく青春期という時間の儚《はかな》さまでも見せてくれる。

と書くと、どうも小難しい作品のようだが、監督はあの『南極料理人』を手がけた沖田修一さんなので、もちろん声を上げて笑える映画になっている。実際、手強《てごわ》い業界人が集まる初号試写会で見たのだが、あんなにみんなが声を上げて笑う試写は初めてだった。かといって、笑えるだけの映画でも、若い人向けに作られただけの映画でもない。もしかすると、大人が見た方がこの喜びと哀《かな》しみは更に伝わるのかもしれない。

主演の二人はもちろん、池松壮亮《そうすけ》さん、伊藤歩《あゆみ》さん、綾野剛《ごう》さんたちは、見事に十代と三十代を演じ分けているし、一、二シーンしか出てこない俳優さんたちもまた、そのシーンでは主役級の存在感を出してくる。圧巻はお手伝いさん役で出演されている広岡由里子さんだろうか。

もちろん脚本も素晴らしい。おそらく原作と戦わずして勝つという独特な手法なのだと思うが、映画を見終わった時、劇中に出てきたセリフが自分（原作）のものなのか、映画オリジナル（脚本）なのか、混乱してしまうくらいうまく混ざり合っていた。原作と映画が対峙《たいじ》するのではなく、原作と脚本が対峙して映画になるという、とても理想的な形を目の当たりにしたように思う。

よく「この映画をどういう人に見てほしいか？」という質問を受ける。欲を言えば、もちろんみんなに見てほしい。青春という時間を過ごしている人、過ごしたことのある人全員に見てもらい、見過ごしてしまった景色や人を改めて見つけ出してほしい。ただ、これだとあまりにも欲張りすぎなので、敢《あ》えて絞るとすれば、ピンポイントで次の二人に見てほしい。

一人目は、〝この前、女子アナの中井美穂見ちゃったよ〟と自慢していたかつての自分。そしてもう一人は〝うわっ、目の前に作家の吉田修一すわってるよ〟と呟いた埼京線の彼に。

まずはこの二人に前売り券でも送りつけ、青春時代の自らの無作法に赤面し、また青春時代の豊かさにぜひ胸を熱くしてもらいたい。

阿蘇、天空の湯

ある友人が、「もう何度も香港に行っているのに、いつも天気が悪くて、一度も百万ドルの夜景を見たことがない」と嘆いていた。

こういうタイミングの合わない場所というのがある。百万ドルの夜景に限らず、たとえばいつ行っても定休日に当たってしまう美術館とか、予約した日に限って雨が降る屋上レストランとか。

ちなみに僕にとってタイミングが悪い場所といえば、まず思いつくのが熊本の阿蘇になる。何度か訪ねているのだからきっと好きな場所なのだが、どうも相性が良くない。思い返してみれば、初めて行ったのが小学校の修学旅行で、朧《おぼろ》げな記憶の阿蘇はやはり曇っており、燦々《さんさん》と日の注ぐ雄大な草千里のイメージはおみやげに買った絵はがきのものだと思われる。その後、何度かドライブしているが、おそらく一度も快晴の阿蘇を体験したことがない。

実は先日も知人と九州を巡るドライブの最終日、この阿蘇に向かった。前日までは晴れていたのに、当日になってとつぜん雲行きが怪しくなってくる。

午前中に出発した大分ではまだ晴れ間もあったのに、絶景ドライブコースのやまなみハイウェイに入った頃にはフロントガラスを雨が叩《たた》き、途中ふいに雨が止《や》んだかと安堵《あんど》したら、険しい峠道は濃霧に包まれていた。

「いや、本当なら、このカーブを曲がった辺りで、美しい阿蘇の風景がドーンと出てくるんでしょうけどね」

助手席の知人に説明してみるが、実際の景色はフォグランプが虚《むな》しく霧を照らすのみ。

それでも阿蘇の火口へ向かうパノラマラインに入った頃には、ときどき霧も晴れるようになり、岩肌を露《あらわ》にした美しいカルデラが一瞬顔を覗かせて、また消える。

こういう場合、人間というのは二通りのタイプに分かれる。「あーあ、せっかく来たのに残念」と、実際に何にも見えない者と、「というか、この霧の景色、スゴくきれいですよね！」と、ちゃんと何かが見える者だ。

幸い、この九州ツアーの同行者は後者のようで、展望台に車を停めると、「あ、あっちがちょっと晴れた。あ、あっちの霧が山に被ってきた。なんか昔話の世界ですよ。狸《たぬき》とか出てきそうで」などとあちこちにカメラを向けていた。

ほとんど何も見えないのだが、カーナビで草千里レストハウスを設定していたのでとりあえず目的地まで向かう。当然だだっ広い駐車場にはほとんど車もなく、トイレを借りようと入った大きな売店にもさほど客はいない。

トイレから出てきた知人に、「あの、ほんとはこういう場所なんですけどね」と売店にあった絵はがきを見せる。絵はがきには阿蘇五岳を望む雄大な草原で、きらきらとした日差しの中、牛たちがのんびりと草を食《は》んでいる様子が写っている。

「ああ、これは確かにきれいですね」

「これが、本来ならあの霧の向こうに……」

がらんとした売店、外はすぐそこの駐車場も霞《かす》むほどの濃霧、そして手元にある美しい一枚の阿蘇の絵はがき。

数年後、もしこの旅行を思い返すことがあれば、浮かんでくるのはこの光景なのかもしれない。

その後、帰りの飛行機まで時間があったので、気を取り直して温泉にでも寄っていきましょうという話になった。向かったのは黒川温泉だったのだが、使い慣れぬカーナビのせいか、多くの宿が集まる温泉郷ではなく、車はそこから少し離れた一軒宿『豊礼《ほうれい》の湯』という場所に着いてしまった。

「町の方へ戻りますか？」と尋ねると、「でも、ここも良さそうですよね」と知人が悩む。

本来なら素晴らしい景色が広がっているのだろうが、霧に覆われて何も見えず、ただ、その霧よりも濃い湯気がもうもうと噴き出している。

じゃあ、せっかくだからと宿の入口で入浴料を払い、露天風呂へ向かった。濃い湯気を上げていたのは客が自由に使える蒸し器で、卵やさつまいもが売られている。

霧雨の中を露天風呂へ向かうと、なぜか男湯のドアが閉まっている。

「あれ、おかしいな」とばかりに何度かガチャガチャとノブを回すと、「あれれ、ごめんなさい」と鍵が開く。

開けてくれたのは老齢の男性で、「癖で閉めてしまった」と湯に火照《ほて》った顔で苦笑いしている。奥を覗くと、更に老齢の男性が椅子に腰かけている。

「入ってるうちに、誰か来なさらんやったろうか」

男性がひどく心配するので、「僕らの他に車は停まっていないようでしたけど」ととりあえず応えておいた。

服を脱いで外へ出ると、乳青色の見事な湯を湛《たた》えた岩風呂が、まさに天に浮かんだようにある。いや、天気がよければ眼下の山々を見下ろす天なのだが、霧が深いので、霧の中というか、雲の中で湯に浸かるような感じだった。

湯はわりと熱いが、湯かき棒で混ぜると、ほどよい温度になる。長時間のドライブに疲れた体に湯が染み渡る。

しばらくのんびりと浸かっていると、すでに着替え終えたおじいさん方が覗きに来る。

「ここはよか湯でしょう？　私はなんか、腰が伸びたような感じがするですもんね。私は今年でもう九十二ですよ」

どういう関係なのかは分からないが、いくぶん若い方のおじいさんが車でもう一人のおじいさんを連れてきたらしい。

途中、若い方のおじいさんがいなくなったあとも、この九十二歳のおじいさんの話が止まらない。止まらないどころか、まるで語り部のように自分が生まれた時からのことが口から溢《あふ》れ出る。

生まれ、結婚し、子を授かり、戦争を経験し、働き、孫ができ……という決して短くはないはずの人生をテンポ良く語り、そしてこうやって今では温泉でのんびりできると、こちらが呆気《あっけ》にとられるほど上手《うま》くまとめ上げる。

決してドラマティックな話ではない。職業や時期は違えど、似たような人生などいくらでもあるだろうと思われる内容で、普段なら少し面倒に感じそうなのに、この時ばかりはおじいさんの巧みな話術のせいか、ついつい最後まで聞き入ってしまった。

「すいませんね、長々と話してしもうて」

さすがにのぼせそうになって岩に腰かけていた僕らにおじいさんが謝る。

「いえ、面白い話でした」と素直に礼を言った。

「今日は霧で何も見えんですもんねえ。退屈凌《しの》ぎと思うて聞いとってください」

おじいさんが立ち去ると、改めて景色に目を向けてみた。露天風呂からの絶景は、相変わらず濃い霧で何も見えない。ただ、何も見えないはずなのに、ちゃんと何かが見えるような気もした。

『さよなら渓谷』モスクワ映画祭

少し前のことになるが、今年二〇一三年の夏はとても良いニュースで幕をあけた。

大森立嗣《たつし》監督が真木よう子さんと大西信満《しま》さんを迎えてメガホンを取った拙著『さよなら渓谷』が、まだ涼しかった六月の終わりに全国公開されたのだが、その一週間後の徐々に夏らしい天気になってきた頃、モスクワから素晴らしいニュースが届いたのだ。

映画『さよなら渓谷』は、この年のモスクワ国際映画祭コンペティション部門に唯一の日本映画として出品されており、なんとそこで、グランプリ作品に次ぐ「審査員特別賞」という栄えある賞を勝ち取った。

原作を大森監督たちに預けただけで、原作者本人としては、映画を作ることにも、もちろんこの栄えある賞にも、なんにも貢献していないのだが、自作の映画化作品がこのような映画祭にノミネートされているとなれば、やはり浮き足立ってしまう。

発表が日本時間の深夜だったため、その夜は版元の新潮社の方々と食事をし、モスクワの方角に向かって手を合わせたりしていた。

深夜に家に戻ると、友人からのメールが入った。件名に「おめでとうございます」とある。

寝転がろうとしていたソファから飛び起きてメールを開けば、『さよなら渓谷』がモスクワ国際映画祭で審査員特別賞を受賞したという速報が、今、Yahoo! ニュースに出たと書いてある。

「え？　取った？　取った！」

モスクワに向かって手を合わせて願っておきながら、実際に取ってしまうと俄《にわか》には信じられない。

早速 Yahoo! ニュースを開くと、確かに出ている。その直後、以前、大森監督たちと飲みに行った店の由美さんというママから電話がかかり、「よかったねー」と喜んでくれる。その後すぐに担当の編集者さんからも電話があり、「あー、ほんとに取ったんだ」と、やっとじわじわと嬉《うれ》しさが込み上げてきた。

こちらは深夜でも、モスクワはまだ夜中でもないので、とりあえずプロデューサーの髙橋樹里さんに電話を入れた。「取りましたね！」と声をかけると、「やりました！」と感極まった声が返ってくる。

なんでも急遽《きゆうきよ》開かれることになった記者会見場へ向かっている車中ということで、監督たちは別の車なので電話を代われないが、すぐに伝えると言ってくれる。現地の興奮が髙橋さんのそんな声からひしひしと伝わってくる。

ちなみにこの髙橋さん、まだうら若き美人女性プロデューサーである。正直なところ、最初にお会いした時、（映画の現場というのは、善くも悪くも男の世界のようなので）ちょっとだけ「こんな繊細な感じの女性で、大丈夫なのかな？」と思った。ただ、前述した由美さんが、「彼女は絶対に大丈夫よ」と太鼓判を押す。この由美さん、僕が東京の姉と慕っている人だが、とにかく人を見る目がある。

実際、この映画の撮影現場を見学に行った際、その目にやはり狂いがなかったことを知る。真夏の撮影現場というのは、殺気立っている。そんな男たちの現場で、首にタオルを巻き、額を流れる汗も気にせず、現場監督然とした髙橋さんが立っていたのだ。その姿を見た瞬間、「ああ、ほんとにこの人に任せて正解だったんだ」と素直に思った。

受賞の速報から一夜明け、テレビをつけると、NHKから民放まで各局でこのニュースが流れていた。

インタビューに応える大森監督、真木よう子さん、そして大西信満さんが、とにかく「いい顔」をしている。何かをゼロから作り上げた人たちの自信が、その顔に漲《みなぎ》っている。そしてその背後に、プロデューサーの髙橋さんや森重さん、現場で汗を流していたスタッフやキャストのみなさん、そして宣伝担当の筒井さんたちの顔が浮かび、なんだか朝っぱらから感極まりそうになる。

映画でも、建築でもなんでもそうだが、何かを作るということは、最初にそこに立つ人の前には何もない。ただ何もない空間が広がっているだけだ。設計図もなければ、手順もない。何にもない場所で、まず「ここ」と指差し、それから数歩歩いて、「ここ」までまず線を引きましょうと言う。

簡単なことのようだが、その第一歩を踏み出すことにどれほどの勇気がいることだろう。

あれはいつだったか、ある雑誌の取材でバルセロナを訪れた時、サグラダ・フアミリアを見学した。

僕などは、目の前にある異形の建造物の迫力に目を丸くして、「すごい、すごい」と興奮しているだけだったが、同行した編集者の女性に、「これって、どの部分から造り始めたんでしょうね？」ととても素朴な質問をされ、目の前にあるサグラダ・ファミリアが一瞬にして違って見えたという経験がある。

たとえば、今、この原稿を書いている机の上には、電話があり、プリンターがあり、もちろんパソコンがあって、ボールペンがあって、画鋲《がびょう》があって、時計がある。

ぽんと目の前に完成品があると、最初からその姿でこの世に存在しているようだが、よくよく考えてみれば、全て誰かの手で作られたもので、たとえオートメーションで作られているとしても、その組み立て機を作るのはやはり誰かの手なのだ。もしかすると、今これを読んで下さっている方の中にもそういった物を作っている方がいるかもしれない。

もちろん手品師じゃないから、「一、二、三」で、ぽんとプリンターを出すことはできない。人間の手など小さなものなのだから、できることなど限られている。それでも、そこにまた誰かの手が加わって、また別の誰かが手を入れて、最初は二つだった手のひらが四つ、六つ、十二、二十四と増えていく。それが百になって、映画が作られ、それが千になって建物が建つ。

そうやって、仕事部屋の窓から景色を眺めると、無機質に思えていた遠くの高層ビル群がなんとあたたかく見えてくることか。

石川啄木《たくぼく》の『一握の砂』ではないが、なんとなく自分の手を「ぢつと見」てみる。いたって平凡な手で、これで何か大きなことができそうな気はしない。とりあえず、何かできることはないだろうかと考えてみて、ふと思いついた。

叩いてみる。

拍手だ。これなら、自分にでもすぐできる。

そうだ。ちょうど良い具合に拍手を送りたい人たちもいる。

機械音痴

機械に弱い。

もう一度言うが、とにかく機械ものに弱い。

この夏、扇風機を買った。最新型で、わりと高額だったが、なんとコードレス。素晴らしい！　だが、いくら待っても羽根が回らないのである。もちろんコードは繋いでいないが、電波基地のようなものはちゃんとコンセントに繋いでいる。しかし五分待っても十分待っても、この羽根が回ってくれない。

結局、諦めて「普通のコード」仕様でずっと使っていたのだが、同じ製品を買っていた友人に後日腹を抱えて笑われた。

「あれは電波基地じゃなくて、バッテリー。充電したバッテリーを扇風機本体の底にカチッとはめ込むから持ち運べるんでしょ（笑）。コンセント付近から電力をコードレスで送る装置なんか作れたらノーベル賞もらえるって（笑）」

たしかに言われてみればその通りなのだが、機械音痴の人間というのはその辺りが素直というか、無頓着というか、コードレスと言われれば、電力のようなものが宙を飛んでくるのだろうと信じてしまうから自分でも嫌になる。

で、早速、友人に言われた通りにやってみると、なるほど羽根が回る回る。何日間も充電していたせいで、心なしか風力も強い。

やっと最新型の扇風機を最新型として使えるようになった頃、今度はプリンターが壊れてしまった。こちらも電源を落としたり、いろいろやってはみるが、うんともすんとも言ってくれない。まだ買ってからそう月日も経っていない。ちなみにちゃんと紙は入っている。

さすがに困って、修理に出すことにした。

調べてみると、申し込みをすれば、宅配業者が集荷に来てくれ、すぐに見積りが出て、数日で戻ってくるという至れり尽くせり。

で、送った翌日に修理センターから電話があった。

「どこも壊れていない」という。そして次の日には戻ってきた。まさか修理センターだけで良い顔をしたとも思えないので、試しに使ってみる。コードも抜けてない。紙も入れた。インクだって大丈夫。

でも、ほら、動かない！

喜んでも仕方がないが、勝ったような気になって、修理センターに電話してやろうと思った矢先、ふとパソコンの方に目が行った。いや、もちろんコードはさっているのだが、心なしか、ふにゃっと下を向いている。

まさかー、と自分を信じて触ってみたのだが、やはりカチッとはまっていない。いつもここにさしていたはずだ！　とまだ自分を信じて強く押し込んでみるが、やはり指先にカチッと来ない。試しにその横にさしてみる。そしたら、きた。カチッと。

なんでいつもと違う場所にさしたのかが分からない。それに気がつかず、修理センターに送った自分が許せない。

ちなみにこの話を先般の友人に話すと、「自分を送れ（修理センターに）」と、また笑われた。

僕のような機械音痴な人にならきっと共感してもらえると思うのだが、僕らは決して機械を信じていないわけではない。逆に、機械を信じ切っており、まさか自分なんかの凡ミスで機械が故障するはずはなく、となれば、内部の精密な部分で僕ら素人には計り知れない何かが起こっているのだと思ってしまうのだ。

そしてこれが機械音痴の第一の特徴だとすれば、もう一つ第二の特徴がある。たとえばコードレスの扇風機が回らなければ、コード付きで使えばいいや（せっかくコードレスを買ったのに）。プリンターが動かなければ、修理センターに送ればいいや（コードのさし間違いなのに）と、すぐに諦める癖があるのだ。

諦めるだけならまだいいが、コードレスで使えない人用に、ちゃんとコードもついてるんだな、とか、至れり尽くせりで修理してくれるシステムがあるということは、多くの人がすぐに送るんだな、とか、自分自身の怠慢を、みんなそうなのだと思い込んでしまうところに、機械音痴な人たちの弱さがあると思うのだ。

たとえば、携帯電話に「機内モード」というものがある。設定を開くと、一番上にあるから、きっと重要なモードなのだろうとは分かる。だが、つい最近まで、これが何のためについているのかまったく知らなかった。

知っている人には退屈な説明だろうが、きっと世の中には知らない人もいると思うので説明させてもらうと、飛行機の機内でこのモードに設定すると、電波を発しないモードなので、音楽が聴けたり、計算機を使ったり、スケジュール確認できたりするらしいのだ。

てっきり機内に入ったら携帯電話は電源オフだとばかり思っていた。いや、もちろん電源オフなのだが、その際にまず機内モードに設定してから電源を切り、「電波を発しないものは使えますよ」というアナウンスのあと、再び電源を入れてもよいのだという。

知らなかった。……本当に知らなかった。

いや、もちろん設定の一番上にあるし、ずっと気にはなっていたのだが、機内では携帯電話使用禁止だし、もしかすると以前は機内でも携帯が使えていた時期があって、その当時の名残がまだ携帯の方に残っているのだろう。そんなものさっさと取り除けばいいのに、携帯電話会社の人も怠慢だなーなどと、心のどこかで思っていたふしもある。

だが、たしかにちょっと考えてみれば、分かりそうなものだ。携帯電話のような優れたものを作れる人たちが、昔の名残を取り除く作業程度のことを怠るわけがないのだ。

まさに機械音痴な人の第二の特徴で、自分が怠慢だから、世の中の人は誰もが怠慢だと思い込んでいる例である。

こうやってここ最近の失敗や発見を書き連ねていくと、よくもまぁ、この現代世界を生き抜いているなぁと自分で自分を褒めたくなる。というか、コードレスの扇風機を買ったり、携帯で音楽を聴いてみたり、こんな自分が先端技術にちゃんと乗っかってる感じが空恐ろしい。

最近はパソコンを買っても説明書がついていない。ついていても読まないくせに、ついていないと不安になる。

このあいだ、旅先でレンタカーを借りた時、「こちらが車の鍵です」と渡されたあと、「こちらの車は鍵は使いません。持っていれば、エンジンはかかりますので」と続けられて混乱したが、さも「知ってますよ、そんなこと」とばかりに受け取った。

鍵がいらない車？　きっとそういう技術なのだろう。

でも、じゃあ、なんで鍵をくれる？

今の世の中、細かいことをいちいち気にしていたら生き難い。先日新聞にこんなサラリーマン川柳が載っていた。

ＯＡ機　電源切れば　俺の勝ち

なんだかとても励まされる。一人じゃないって素晴らしい。

苦手なカジノ

マカオには行ってみたいが、ギャンブルが苦手。という悩みをここ数年抱えていた。

もちろん悩みというのは大袈裟なのだが、それでもマカオからギャンブルを取ったら何が残るのかという不安はあった。

そうこうしているうちに、『007 スカイフォール』が公開され、劇中にマカオと香港を足して二で割ったような魅惑的な街が登場し、ますます行きたくなっていた。

そんな折、ギャンブル好きの編集者、KADOKAWAの山田剛志《たけし》さんからマカオ旅行に誘われた。何度も行っているというマカオでのカジノ体験をとても楽しそうに話してくれるのだが、やはりそれ以外の場所が出てこない。

「カジノ以外は行ってないんですか?」と思わず尋ねると、「旧市街の世界遺産をちょっと見ましたよ。……で、そのバカラなんですけど、同じテーブルでツイてる人を見つけて、その人と同じように賭けるというのも良い手なんですよ」と、話はまたカジノに戻る。

やはりマカオに行って、カジノなしというのは「なし」らしい。

マカオといえば、言わずと知れたギャンブルの街。だが、さきほども書いたが、このギャンブルというものに昔から一切興味がない。興味がないというか(これは誰に話しても共感してもらえないのだが)、たとえばパチンコで勝って玉がジャンジャンと出てきたりすると、とても照れ臭いというか、とても居心地が悪くなってしまう。「勝った!」というより、「うわっ、勝っちゃったよ……」という心境に近い。

そう考えると、たとえばカジノのルーレット台なんかで、万が一、一人だけ勝ったりしたらと思うと、周りから注目を浴びるだろうし、その様子を想像するだけでもう冷や汗が出る。

と、この辺りまで話したところで、「いやいやいや、吉田さん……」と山田さんに笑われた。「……その思考回路、ポジティブ過ぎますって。というより、『おめでたい』の域ですよ。ギャンブルは普通、負けますから」

そう言われて、はたと気づく。

たしかにこれでは、「マカオに行く↓ギャンブルやる↓勝っちゃう↓照れる」の流れである。間違いなく「おめでたい」人間である。

そうか。負けるのか。

と思うと、途端に気が楽になる。とてもヘンな言い方だが、勝たなくてもいいのなら、マカオのカジノにも行ける気がしてくる。

逆に言えば、誰よりも欲深いのだと思う。負けたくないものだから、勝ちたくないという、なんとも面倒臭い種類の人間なのだ。

ということで、この時、同席していたO《オ》P《プ》Pという飲み屋の由美さんも含め、いざマカオへと相成った。この由美さん、以前にもここに書かせてもらったことのある女性で、僕が東京の姉と慕っている人である。

ちなみにマカオに到着してから判明したのだが、由美さんもまた僕に輪をかけてギャンブルに興味のない人だった。

宿泊したのは、ザ・ヴェネチアン・マカオ・リゾートという巨大カジノホテルだった。どれくらい巨大かというと、客室は一番小さなものでも七十平米のスイートで、一階には見渡すようなカジノ、三階には運河をゴンドラが行き来するショッピングモールがあり、「迷子になりそうなホテル」ではなく、実際に大の大人がちゃんと「迷子になるホテル」である。

到着早々、ではとりあえずカジノに、ということで、ギャンブル好きの山田さんを先頭に、ギャンブル嫌いな僕と由美さんが続く。

「やったことないんで、ルールとかまったく知らないですよ」

初《しょ》っ端《ぱな》からテンションの下がることを言い出す僕に、「大丈夫ですって。バカラなんて親かプレイヤーのどちらかに賭ければいいんですから」と山田さん。

「とりあえず、チップに換えましょう」ということで、両替場に向かおうとすると、今度は由美さんが、「私はいいわ。見てるから」とまたテンションの下がることを言い出す。

「えー、やりましょうよー。せっかく来たのに」

「いいよー。興味ないもん」

「簡単みたいですよ。チップを親かプレイヤーのどっちかに置けばいいんですって」

「そりゃそうだけど」

以下省略だが、誰が聞いても、わざわざマカオに来た観光客の会話ではない。

結局、やらないという由美さんを置いて、山田さんと二人、チップに換えた。もちろん大した額ではないのだが、小額チップなので思っていたよりも枚数が多い。

「由美さん、由美さん」

喫煙所を探しに行こうとする由美さんを捕まえ、「これで、やってくださいよ」とチップを半分渡す。

「いいよー」

「だって、ヒマでしょ？」

「だったら、自分でチップに換えてくる」

「いいですよ、やりたくもないのに無理しなくて」

ギャンブル好きな人が聞いたら、カジノから追い出されそうな会話が続いた末に、しぶしぶ由美さんはチップを受け取ってくれた。

テンションの低い二人をよそに、山田さんだけはきりりと鋭い目になっている。普段見られない勝負師の顔である。

とりあえず比較的安価な賭け金で参加できるテーブルにつき、簡単にルールを教えてもらい、出目の流れやツキの呼び方なども一応聞く。だが、物覚えが悪い上に興味がないので、なかなか要領を得ない。

「要するに、この黄色い所か、赤い所にチップを置けばいいのよ」

横から由美さんが身も蓋もないことを言う。

結局、何がどうなれば勝ちなのかも分からなかったが、賭けてみることにした。黄色か、赤に賭ける。

それしか頭にないので、じっとそこを見つめて、目が合った方というか、目など合うはずもないのだが、合ったような気がした方にチップを置いた。パラパラパラとカードが捲《めく》られたあと呆気なく勝敗がついた、らしい。

「おー、すごいじゃないですか」

山田さんに言われ、自分が勝ったことを知る。ディーラーがチップを倍に増やしてくれる。見れば、隣の由美さんも勝っている。顔を見合わせ、お互い満更でもない笑みを浮かべる。

と、このあと、ビギナーズラックで大勝ちしたという話になれば、このエッセイも盛り上がるのだが、テンション低めで始めたゲームなど低め安定で推移して、結果的に負けるに決まっている。

世の中にはギャンブルに熱くなれる人がいる。競馬のG1レースを熱く語り、宝くじの長い列に並ぶ、あの高揚感を味わってみたい気もする。今回、マカオに行けば、自分にもそういうスイッチがあったことに気づくのではないかと思っていたが、残念ながら、それがない人間もいるようである。

とはいえ、マカオ自体が楽しくなかったかと言えば、そうではなくて、街全体が地面から数センチほど浮いているような、なんとも気の良い街だった。

韓国のヒョン（兄さん）

昨年（二〇一四年）の十二月、ソウルでサイン会を開いてもらった。二〇〇六年の初めてのサイン会以来、ソウルでは四度目になる。

八年前、初めてのサイン会に向かう時は、お客さんは来てくれるのだろうか、韓国の新聞や雑誌の取材も入っているが、どんな質問をされるのだろうか、とかなり不安だった記憶があるが、いざ行ってしまえば、お客さんはたくさん来てくれたし、その上、熱心な読者だし、お世話してもらったウネンナムという出版社の社長がまた酒好きな魅力的な人で、全てのスケジュールをこなして帰国する時には、韓国のヒョン（兄さん）と呼ぶほど親密な関係が築けた。以来、社長が東京に来れば東京の居酒屋で飲み、こちらがソウルを訪ねれば、いつも美味い料理をごちそうしてもらっている。

作家になってすでに十七年、いくつかの文学賞をもらったり、映画化が成功したりと、楽しい思い出は数々あるが、この社長や韓国の読者との出会いの思い出は、その中でもトップ3に入る。

ということで、昨年の十二月のサイン会は四度目でもあり、向かう時には特に不安や緊張もなく、気分的には久しぶりに親戚の家を訪ねるような感じだった。

そして同行してくれた幻冬舎の茅原《ちはら》秀行さんも似たようなものだったらしく、待ち合わせした羽田空港にタクシーで向かっていると、「Bカウンター付近にいまーす！」とお気楽な感じのメールが入る。「はーい。もうすぐ着きまーす！」と、こちらもお気楽な感じで返信したのだが、その直後今度は電話が鳴った。

「はいはい。あと五分で着きますよ」と僕。

「あのー、笑ってください」と茅原さん。

すぐにピンと来て、「パスポート？」と尋ねると、「忘れちゃいましたー」と口調とは裏腹にかなり焦った様子が伝わってくる。

とりあえず笑うしかないので、お互いに笑って電話を切った。ソウルであれば、数時間後には次の便も出るだろうと。

電話を切ると、タクシーの運転手さんが、「パスポートですか？」と声をかけてくる。

「羽田から○○（茅原さんの自宅）まで、これから車で行って戻ると、どれくらいかかりますかね？」ととりあえず聞いてみる。

「この時間、○○通りが混んでますからねー」

「ですよねー」

「それより、バイク便が早いですよ」

運転手さんに言われ、なるほどと思う。思いつきもしなかったが、片道でいいのだから確かに早い。

早速、茅原さんに電話して、「バイク便、バイク便！」と教えたのだが、「あ、そうか！」と喜んだ直後、「それが……、今日に限って、妻が子どもを連れて実家に戻ってて、家に誰もいないんですよー」と落胆する。

誰もいない家にバイク便を頼んでも、パスポートが歩いて玄関に出てきてくれるわけもない。

結局、空港で落ち合っての相談の結果、茅原さんは空席のあった次の次の便で来ることになった。こちらとしても、行けば韓国の親戚たち（？）が待っていてくれるのだから不安もない。かわいそうなのは、せっかく実家で寛《くつろ》いでいた茅原さんの奥さんで、自宅へ戻ってパスポートをバイク便に渡すという。

それでも諸々が決まってしまえば、「じゃ、僕はそこのカフェでビールでも飲んでます」「じゃ、僕はもう中に入ってタバコでも吸ってます」と、まるで予定通りだったように見送り、見送られての出発となった。

今回、気が弛《ゆる》んだのはたまたま茅原さんの方だったが、こちらがそうならないとも限らない。と考えると、気を弛ませてくれるような誰かが外国にいるというのは、とても贅沢《ぜいたく》なことではないかと思える。

実は二年前、中学からの親友が癌《がん》で亡くなったのだが、亡くなる数ヶ月前、「みんなでソウルに行きたい」と突然言い出した。

「いやいや、さすがにそりゃ無理だろ」と周囲は慌てたのだが、病人のたっての希望だし、担当医とも相談の結果、「よーし、だったら行こうじゃないか」と相成った。

たぶんこの時、僕の頭の中にはウネンナム社の社長の顔がちらちらと浮かんでいたような気がする。万が一、親友に何かあっても、きっとなんとかなる。そう思えた。

幸い、この時のソウル旅行は最高に楽しい思い出になった。

体調が万全というわけではないので、一日中歩き回るということもできなかったが、甘党だった親友が食べたいというドーナツを買い込み、みんなでホテルにこもってK－POPの番組を見たりするだけでも旅行気分は大いに味わえた。

あれは最後の夜だったか、カンジャンケジャンという蟹《かに》料理を食べに行った。

この日は親友の調子も良く、美味そうな蟹に旺盛にかぶりつく。

が、その数分後、気分が悪いと言い出した。見れば、顔色もよくない。

正直、焦った。韓国語で「救急車」は「クグプチャ」。念のために暗記してはいたが、この単語が、賑わうレストラン内ではかなり場違いに思える。

とりあえず水を飲んで様子を見るというので、祈るような気持ちで回復を待った。その際、少し離れたテーブルにいた日本人旅行客たちの声が聞こえてくる。

「これって、『酔っぱらい蟹』って言うんでしょ？　結構、強いよね」

焦っていたので忘れていたが、親友は元々酒が苦手だ。「もしかして、酒のせいじゃない？」と声をかけてみる。

「ん？　酒？」と親友。

「これ、ほら、酒が入ってるから」

病人の気分が悪くなれば、誰だって病気のせいだと思う。本人だってそう思う。

しかし病人だって酒に酔うことはある。

酔っぱらい蟹を急いで食べすぎ、酔ったらしいと分かった瞬間、まるでコントのようだったが、「ああ」と納得する親友。

人間の体というのは不思議なもので、不調の原因が分かると、みるみる回復することもある。結果、このあと甘党の親友はしばしの休憩のあと、デザートをぺろりと平らげていた。

パスポートを忘れた茅原さんも半日遅れで無事にソウルに到着し、四度目のサイン会は大盛況のうちに終わった。

サイン会会場の書店から夕食をとろうとみんなで焼肉店に向かう途中、二年前、親友たちと泊まったホテルの前を通った。もう少し感傷的な気分になるかと思ったが、ホテルの窓の明かりを見上げながら浮かんでいたのは、明洞《ミョンドン》の屋台で売られていた洋服を必死に値切り、期待以上の結果を出して喜ぶ親友の笑顔だった。

型と仕草・伊勢神宮

伊勢神宮には内宮《ないくう》と外宮《げくう》があるが、訪れる時によって内宮の方がしっくりきたり、外宮の方に魅力を感じたりと変化があるものなのだろうか。その日の心持ちによるものか、はたまたその日の天気にも影響するのか。

ちなみに僕自身には霊感等は一切ない。

ある時、寝ているベッドから落ちそうで、「ああ、落ちる落ちる」と思いながら、結局落ちた。だが、落ちたはずなのに、そのまま体が宙に浮いている。すでにすっかり意識はあったが、恐ろしくて目を開けられなかった。

どれくらい震えながら宙に浮いていただろうか。ふと、あることを思い出して目を開けた。

やはり、寝ていたのはベッドではなく布団だった。布団から床に落ちておいて、宙に浮いていると脅えていたのだ。それもわりと長く。

と、霊的な体験として思い出せるのがこの程度のエピソードしかない人間なのだが、さすがに伊勢神宮へ行くと、なんだかとてもありがたい感じはする。

まず、伊勢神宮と霊感を結びつけるところに素養のなさが滲《にじ》み出ているが、ないものはないなりに、たまに行きたくなるのだから多少の信仰心はあるのだと思う。

全国的に今年初めて真夏日を記録した日、久しぶりにその伊勢神宮を訪れた。照りつける太陽で、境内の玉砂利が眩《まぶ》しかった。

前回は、冬の夕暮れに訪ねたせいか、外宮の静けさ（芯のある静けさとでも言えばいいのか）に感銘を受け、かなり長い時間を過ごしたのだが、今回は式年遷宮のあとだったこともあり、工事の音が響いていて、前回ほどの感銘を受けられなかった。

とはいえ、一歩境内に入れば、やはり身が引き締まる。

こういう場所に来ると、自身の姿勢の悪さというか、歩き方や所作に品がないことに気づかされる。

外宮をのんびりと参拝していると、ある背広姿の一行と出くわした。どういうグループなのか分からないが、四、五人で一列に歩き、特に畏《かしこ》まった感じでもなく、かといってだらけた様子もなく、ザクッ、ザクッと砂利を踏んで進んでくる。

まずこの砂利を踏む音が違う。こちらがジャラリ、ジャラリなら、あくまでもあちらはザク、ザク、ザクなのだ。

そして無駄口を叩くわけでもなく、正宮《しょうぐう》、風宮《かぜのみや》、土宮《つちのみや》、多賀宮《たかのみや》と順番に回っていく。

また、彼らの礼の仕方が美しく、惚《ほ》れ惚《ぼ》れしてしまう。

鳥居の前で立ち止まり、礼をする。ただ、これだけのことだが、自分も含め、なかなかああ美しくはできない。

立ち止まる。

ほんの一瞬のことだが、この時、見事に一切の動きが止まるのだ。

歩きながらの礼など論外だが、立ち止まり切らないところで礼をしても、やはりそこに美しさはない。

品というものは、所謂《いわゆる》「ながら」と対極の場所にあるのかもしれない。

たとえば、テレビを見ながらお菓子を食べる。たとえば、昨冬つい買ってしまった、ブレザーにもなるしダウンジャケットにもなるというリバーシブル物。どちらも楽だし、便利なのだが、やはりそこに品はない。

狂言では型と仕草がうまい具合に混じり合っていると言われるが、型が停止、仕草が流れだとすれば、普段僕らは流れっぱなしに生きており、伊勢神宮のような場所に来ると、その忘れていた型のようなものを思い出すのかもしれない。

この日は伊勢市駅前の旅館に一泊して、翌朝内宮へ向かうことにした。

翌日もよく晴れた観光日和だった。外宮とは打って変わり、内宮は大変な賑わいで、五十鈴川《いすずがわ》にかかる宇治橋も足元が見えないほど混み合っている。手水舎《てみずしや》で清め、第一鳥居を抜けて、まず御手洗場《みたらし》へ下りる。行かれたことのある方なら分かると思うが、ここで清らかな五十鈴川の川面《かわも》に触れた瞬間、何か感じるものがあるのではないだろうか。

圧倒的に美しく透き通った水の流れは、日を浴びて尚《なお》、冷たい。

そういえば、外宮から内宮へ向かう時、タクシーを使った。その際、運転手さんとちょっとした会話をした。

この辺りの方言は伊勢弁と言うのだろうが、実は前日宿泊した旅館でも感じたことなのだが、九州出身で現在東京暮らしの僕には、ちょっとだけ彼らの言葉が冷たく聞こえる。

いや、もちろん、無愛想だったり、素っ気なかったりするわけではなくて、逆にとても丁寧、たとえば運転手さんは親切に帰りの特急の時間を教えてくれるし、旅館では新人らしい仲居さんが料理を運んでくるたびに一声かけてくれるのだが、なんかその語尾というか、アクセントが気になる。

ただ、東京へ戻って、伊勢に行ったことのある知人数人に尋ねてみたが、同じ印象を持つ者は一人もいなかったので、単に個人的な印象なのだろうと思う。

このように、もしかすると九州出身の者にはどこか冷たく聞こえるが、他の地方の者にはとてもあたたかく響く方言があるのかもしれない。

逆に、地元の長崎に東京の友人たちと帰郷して、いつもひやひやさせられるのは、所謂「○○でよろしかったでしょうか?」や「○○でよかったでしょうか?」だ。

ちなみに長崎の場合、「○○でよかったでしょうか?」の方が多い。

東京ではもうあまり聞かなくなったが、なぜか長崎では頻繁に耳にする。

長崎の出身者としては、それが最上級の丁寧語として使われていることが分かるので、更になんとも言えない気分になる。

持論だが、長崎では「いい」を「よか」と言う。「〇〇でいいでしょうか？」を直訳すると、「〇〇でよかでしょうか？」。

それを少し丁寧にして、「〇〇でよかったでしょうか？」になっているのではないだろうか。

なので、東京で使われるのと長崎で使われるのはちょっとニュアンスが違う。

伊勢神宮はもちろん、内宮の外にあるおかげ横丁を歩いていると、本当にいろんな地方の方言を耳にした。当然、日本各地だけではなく、北京語、広東語、タイ語、ドイツ語、英語と、ＮＨＫ教育テレビの語学番組を続けて見ているようだった。

ただ、可愛いものを見たり、驚いたりする時は、万国共通だ。

このおかげ横丁に瀬戸物屋があった。店内は各国の人で混み合っていた。誰が最初だったのか、店内の人々がなぜか揃《そろ》って棚の上を見る。

一番上に大きな壺《つぼ》が置いてあり、そこに「鳥用」と札がある。

鳥用？　としばらく眺めていると、なんとそこに燕《つばめ》が飛んできた。とつぜん飛び込んできた燕に客たちは声を上げる。そして壺に止まって、人間たちを見下ろす燕の可愛さに、誰もがため息を漏らす。

型と仕草でいえば、こちらは仕草なのだろうと思う。
この流れるような万国共通の所作。これはこれで型にはない良さがある。

最後に手にしたいもの

今年（二〇一四年）の夏は美術館ばかり行っていた。

特に理由はないのだが、敢えて探せば、とにかく毎日暑かったので、涼しくてのんびりできる場所として、まず浮かんだのが美術館だった。

きっかけは、夏の始まりとともに、東京国立博物館で、特別展「台北 國立故宮博物院―神品至宝―」が開催されたからだ。

台湾には何度も行っているので、もちろん台北の故宮博物院にも数回足を運んでいるのだが、あの門外不出の「翠玉白菜《すいぎょくはくさい》」が東京で見られるとなると、現地で何度も見たことはあるが、なぜか見ないと損のような気がした。

だが、当然、神品の二週間限定公開となれば、混雑は必至。

それを覚悟で行こうとしたのだが、平日でも予想を遥かに超えた二百分待ちの行列。さすがにこの最後尾に並ぶ気力はなく、東京で見ることに価値がありそうな気がしていたくせに、次回台北に行った時に見ればいいし、などと呆気なく諦めた。

ということで「翠玉白菜」の行列には並ばなかったが、それ以外の展示は待ち時間なく見られるというので行ってみた。

前九〜前八世紀に作られたという青銅盤（散氏盤）から清朝宮廷工房の名品まで、とにかく読者のみなさんにもぜひ見てもらいたいものが次から次に並んでいたのだが、今回はこれら至宝の中でも、特に「青磁楕円《だえん》盤」に心を奪われてしまった。

十一〜十二世紀の北宋時代に作られたもので、この手の焼き物にまったく詳しくないからどう説明すればいいのか分からないが、とにかく簡単に一言で言うと、「青い！」。

青磁なのだから青くて当然だろうと思われるかもしれないが、とにかく驚くほど美しい青色をしているのだ。

良い焼き物というのは、目の前に置かれると、どうしても手に取ってみたくなる。その手触り、感触、重さを手のひらで感じてみたくなる。

しかし近所の瀬戸物屋ならそれもできるが、さすがに故宮博物院の青磁を手に取ることなどできるはずもない。

できないとなると、更に触れてみたくなる。

頑丈なガラスケースの中、そっと自分の手を差し入れる様子を想像し、目を閉じて、その感触を探る。ただ、そう簡単には伝わってこない。

人間、身近なものなら、触れずともなんとなく想像できる。たとえば道端に携帯電話が落ちていて、それが片手で拾えるか、それとも両手が必要なほど重いかは分かる。

しかし、目の前のガラスケースの中にあるのは、なにせ千年も昔に作られたものので、ある意味、長い歴史の目撃者でもある。

そう思った途端、想像の中で持ち上げていた「青磁楕円盤」が、まるで砲丸のように重くなる。

慌てて元へ戻し（もちろん空想の中でだが）、今度は指のはらでその表面を撫《な》でてみたりする。触れられないという状況ほど、想像が掻き立てられる瞬間はない。

そういえば、この日、ギフトショップで買った図録に、この答えが載っていた。

『作品番号98「青磁楕円盤」汝窯《じよよう》 高五・六 長径二三・〇 短径一五・二
手にとると、ふわっと軽い。四方に脚が付き、口縁に銅の覆輪《ふくりん》をかける。精製された胎《たい》は均一の厚さを保ち、精密にととのえている』
とある。この説明文を読んだ瞬間、確実に千年の至宝の感触をこの手に感じた。台湾つながりでいうと、今年の夏は、東京国立近代美術館でも「現代美術のハードコアはじつは世界の宝である展 ヤゲオ財団コレクションより」という、一風変わった名称の展示が行われていた。

このヤゲオ財団というのは、台湾資本の大手電子部品メーカーのCEOが設立した非営利団体で、洋の東西を問わず近現代美術のコレクションを行っている。要するに、俗っぽい言い方をすると、超金持ちの社長が趣味で東西の現代美術品を買いまくっているということになる。ただ、この要約でイメージされる金満社長と、このヤゲオのCEOには決定的な違いが二つある。

まず一つ目は、彼が間違いない審美眼とセンスを持っていること。

そして二つ目が、美術品を芸術作品として、きちんと楽しんでいることだと思う。

彼は台北と香港と東京に、これら現代美術の作品を飾るためのヴィラを持っているという。

これらヴィラには、リビングにゲルハルト・リヒターの絵画が、廊下にマーク・クインの彫刻がというように、美術品のための空間となっているらしい。

こういった個人コレクションの展覧会を見に行くと、こういう希有《けう》なコレクターたちは最終的にどんなものを欲しいのだろうかと考えてしまう。

巨万の富と名誉を手に入れたあと、人が最後に欲するものは芸術だとどこかで読んだ記憶があるが、たとえばこのヤゲオ財団のCEOのような人は、その上で芸術をもすでに手に入れてしまっていることになる。

一つではなく二つ、二つではなく三つ、というような欲求になるのだろうか。

しかしこの財団のコレクションを見る限り、そういった量や金額の話ではないことはすぐに分かる。

では、どのような欲求がそこに働くのか。

そんなことを考えながら、この日家路についたせいもあるのだが、電車の乗換駅のホームから、それは見事な夕焼け空が見えた。

その瞬間、先の疑問の答えが、なんとなく分かったような気がした。

巨万の富や名誉を手に入れたあと、次に人が欲しくなるのは、この夕焼け空なのかもしれない。

もちろん夕焼け空に限ったことではない。

美しい天の川。澄み切った清流。森の朝……。

全てを手に入れた人は、最後にそんなものを欲しがる。しかし夕焼け空はどんなに願っても手に入らない。ちょうどガラスケースに入った青磁楕円盤と同じように。

と考えると、絶対に手に入らない夕焼け空の代わりに、この世にはマーク・タンジーの赤一色で描かれた《サント・ヴィクトワール山》があるのではないか。

また、絶対に手に入らない天の川の代わりに、アンドレアス・グルスキーが切り取る群衆の写真《メーデー》があるのだ。

となると、美術館という、夏の暑さを逃れ、涼しくてのんびりできる場所が、いかにすごいところなのかが分かる。

国際都市？

国際都市と言われても、なんだか具体的なイメージが浮かばない。

超高層化したビル群の間を、飛行能力を持った車やバイクが飛び回っているような世界をふと思い描きそうになるが、それは「国際都市」じゃなくて、「未来都市」だ。

となると、国際都市とテクノロジーはあまり関係なさそうである。

そもそも国際都市ってなんなのだろう。

とりあえずGoogleで検索してみると、Wikipediaの「世界都市」という項目が、真っ先に挙がった。

『世界都市とは、主に経済的、政治的、文化的な中枢機能が集積しており、グローバルな観点による重要性や影響力の高い都市のことである』

とあり、言葉の由来として、『文豪ゲーテが一七八七年に、ローマの歴史的な文化的卓越性をもった都市としての性質を表現するためにつくった、「Weltstadt」（ドイツ語での世界都市）という言葉にその源を発する』とある。

なるほど、どうやら『鉄腕アトム』や『フィフス・エレメント』の世界ではないらしいことは分かってきたが、まだその姿は見えてこない。

見えてこないというか、現実的なものとして想像できない。

そこで更に検索を続けると、「国際都市おおたフェスティバル」なるものに出くわした。これは現実的そうだし、なんならこのフェスティバルにも参加できそうである。

クリックしてみると、このフェスティバルの正体が分かった。

要約すると、東京都大田区は世界とつながる国際都市として、外国人にとっても魅力的であり、住みやすく働きやすいまちづくりを進めており、羽田空港旧整備場地区で大田区ならではの温かいおもてなしと世界の都市を旅する気分を体験できるイベントが、九月の「空の日」にちなんで開催されたという。

ちなみにナビゲーターはお笑いコンビのパックンマックン、世界各国の美味《おい》しい料理が並んだフードコートもあったらしい。

一気に「国際都市」なるものが身近になってきた。

コクサイトシ、その言葉の響きから、当初はどこかクールで、もちろん英語ペラペラで、外資系企業なんかでバリバリと世界を相手に働いている人のイメージだった。だが、実はそうでもないらしく、パックンマックンの漫才を聞きながら、フードコートで呑気に食べ歩いていいという。

これなら国際都市の住人になれそうだし、なりたくなってくる。

そういえば、ここ最近、東京の風景が様変わりしてきたように思う。もちろん良い意味でだが、どこに行っても外国人がいる。

観光地やガイドブックに載っているレストランはもちろん、いわゆる地元の人しか来ないような地域密着型の店でさえ、隣の席から外国語が聞こえてくると、なんとも誇らしいような気分になる。

一昔ほど前のことだが、ある旅行ライターさんがこんなことを言っていた。

「パリ、ロンドン、ニューヨーク、東京、なんて並べられることも多いですけど、やっぱり東京だけは少し遅れてますよ」と。

その理由は何かと尋ねると、「ほら、こういう店に外国人がいないじゃないですか」と、その時食事をしていたレストランの店内を見回した。

「……いわゆるダウンタウンと呼ばれる地区にある、これくらいの有名店で、お客さんにも店員さんにも外国人がいないのは東京だけじゃないでしょうか」と。

あれから十数年、彼は今の東京の姿をどう思っているだろうか。

海外で生活したことがあれば、日本で暮らしている外国人の苦労が分かる。家族が海外で暮らしている人なら、日本で暮らしている外国人を心配している家族の姿も見える。

そんなことを言う、とても素敵な人だった。

もちろん、いくら街に外国人が増えてきたからといって、日本っぽさが消えていくわけではない。

先日、地下鉄に乗っていて、それが分かった。

電車は、さほど混んでいなかった。一応、座席は満席で、立っている人がちらほら。ただ、そんななか、なぜか二席分だけぽっかり空いている。

よくよく見て、理由が分かった。そこに携帯電話が落ちているのだ。

誰も拾わない。誰も見ない。ただ、その席を避け、遠巻きに座っている。

なんか、日本っぽいなあ。

自分もまさにその「拾わない、近寄らない」の日本っぽい人たちの一員ながら、思わずそう感じた。

しかし、電車が次の駅に到着した時だった。

少し離れた席に座っていた年配の女性が、携帯電話を拾いに向かった。女性が拾おうとすると、横に座っていた青年が、「あ、僕が」と声をかける。

「ここで降りるの？」と女性。

「はい」と青年。

「……僕が駅員さんに渡します」と携帯を持って電車を降りる。

二人に限らず、おそらく電車が走っていたこの一駅の間、誰もがずっと気になっていたわけで、これまた、なんとも日本っぽいし、一人が動き出せば、次の人が動き出すところもまた、ますます日本っぽい。

ただ、青年が去り、女性が席に戻っても、なぜか電車が動き出さない。その直後、今度は駅員さんが駆け込んできて、何か探し始めた。

「携帯ですか？」とそばにいた乗客が問い、頷《うなず》いた駅員さんに、「それなら、たった今、持って……」とホームを指差す。

今度は一斉に乗客たちがホームへ目を向け、さっきの青年を探す。中には立ち上がっている人もいる。

「あ、そこの階段を上ってる人です！」

客に教えられた駅員が、青年を追いかけてホームを走る。幸い、青年も気づいて足を止め、無事に携帯は駅員の手に渡った。

携帯を無事に確保した駅員が、無線でその旨を知らせながらホームを歩いてくる。

その時、僕はなんとも温かい気持ちにさせられた。

おそらく無意識だと思うのだが、この時、この駅員さんが自分の白い手袋で、その携帯の指紋を一生懸命拭っていたのだ。

落とし物についた汚れを無意識に拭ってやる人がいる。その拭われる汚れでさえ、人の親切であるという豊かな光景。

人から人へ渡った携帯は、その指紋をきれいに拭き取られ、無事に持ち主の元へ返っていくわけだ。

日本っぽいなぁと思った。

これが今の「国際都市」東京なんだなぁと。

八幡製鉄所の美しさ

降り立った駅から八幡《やはた》製鉄所が見えた。

真っ青な空の下、錆《さ》びた外壁も、赤い煙突も、白い煙も、どこか厳《いか》めしかった。

親友の三回忌で地元長崎に帰省した。復路を長崎発ではなく福岡発の飛行機にしたのは、久しぶりに博多で一泊して旨《うま》いものでも食べて帰ろうと思ったからだ。

三回忌も無事に終わった翌日、そのつもりで長崎駅のみどりの窓口に入った。

当然「博多まで」と言うつもりだった口が、なぜか「小倉まで」と言ってしまう。

「あ、いや、博多です」と言い直す。

しかし言い直した瞬間、別に小倉でもいいような気がして、「あ、すいません、やっぱり小倉で」とまた言った。

発券してもらう間、今のはなんだったんだろうと自分でも不思議になる。

親友の三回忌には、この小倉に暮らす友人も参加しており、すでに帰っている。平日なので仕事の都合もあるだろうが、着いたら連絡してみようと思う。

言い間違いで決めた目的地だったが、考えてみれば、昔から一度行ってみたい場所の一つだった。

博多は大好きな街で、何度も行っているが、なぜか北九州方面にはこれまであまり縁がなかった。

単なる直感だが、博多という街はプライベートな感覚で好きな街であり、逆に小倉は小説家として何か魅《ひ》かれるものがあるような気がする。

当然、まだ行ったことがないのだから、その理由は分からない。

誰かに詳しく紹介された記憶もなければ、小倉について調べたことがあるわけでもない。

強いて挙げれば、以前Googleマップで遊んでいた時、飽きずに何時間も探索したのが小倉の街だったということくらいだろうか。

Googleのストリートビューというのは本当に面白い。たとえばヒマ潰しにこの世界地図を広げ、そこに黄色い人型の人形をつまみ上げて、ぽとりと落とすと、落とした場所の景色が現われ、その道を歩いていくことができる。

東京やニューヨークはもちろん、最近では秘境ブータンの山深い街道まで鮮明な画像で歩いていけるようになっていた。

この日、小倉に到着したのは、夕方遅い時間だった。まずはホテルにチェックインし、とりあえず予定もないので散歩に出かけた。

宿泊したホテルから駅にかけては、いわゆる繁華街だった。路地に小さなスナックや飲食店が並び、小さな看板がずらりとある。猥雑《わいざつ》な雰囲気というのでもないし、オシャレなビストロなどもあるし、行き交う人たちは賑やかなのだが、ふと人通りが途切れた瞬間に、一瞬ツンとした淋《さび》しさがある。

人口百万人に近い大都市なので、もちろん寂《さび》れているというわけではなく、夏の終わりにふと秋を感じる時のような淋しさがあるのだ。

もちろん時代の流れというのでもない。

実際、駅の周辺には大きなデパートや商業ビルがあるし、小倉城がある川向こうは再開発されて、現代的なビル群が新しくできている。

だからやはり時代の流れというものではなく、どちらかといえば人間が本来持っている淋しさのようなものを、この街がちゃんと持っているとでも言えばいいのか。それが街のあちこちにあるのだ。

古いアーケードから一本入った細い路地。そこに並ぶペンキで描かれた看板。川に浮かぶ発泡スチロールの箱。ホテルの屋根に落ちたままになっている布団。

人生が楽しいだけではなく、人間がいつも完璧なわけではないというようなことを、教えてくれる街とでも言えばいいのか。

散々歩き回ったあと、友人に連絡を入れた。ヒマなら晩めしでもどうか、と。昨日の法事で会ったばかりなので、特に話があるわけでもない。

友人はまだ仕事中だったが、せっかくだから出てくるという。

二人で水炊きの店に入った。個室に通され、席に着くなり、「なんで、小倉に来たとや?」と友人が訊《き》く。

「さぁ、自分でも分からん。言い間違えて」

正直に応える。

すると、友人が妙に納得したような顔をする。

「なんや?」と尋ねた。

「今日がほんとの命日やもん。一緒に飲みたかったとやろ」と言う。

すっかり忘れていたが、確かにこの日が命日だった。

亡くなった親友はとにかく肉好きだったので、水炊きの鶏肉もたっぷりと取り分けてやった。

九州独特のとろりとした芋焼酎を飲んでいると、本当に三人で飲んでいるような気分になってくる。

法事の時、携帯が鳴り出して、「誰だ？　非常識な奴《やつ》は？」とみんなで思っていると、まさかの坊さんの携帯だったとか、話していることはくだらない内容で、ゲラゲラと大声で笑い合っているのだが、ここが小倉の街だからか、賑やかな会話のそこここで、ときどきツンと淋しくなる。

人生が楽しいだけではなく、人間がいつも完璧なわけではないということが、とても好ましくて、同時に悲しい。

いない親友を交えて三人で飲んでいると、なぜ自分たちが親友でいられるのかがなんとなく分かってくる。

人生が楽しいだけでなく、人間がいつも完璧なわけではないことを、言葉にせずとも分かり合えているからだ。

言い換えれば、人生のつらい時にこそ連絡できて、人として最低の部分を見せられたから、こうやっていつまでも楽しく酒が飲めるのだ。

翌朝、福岡空港に向かうためにまた小倉駅に戻った。

やはり真っ青な空の下、八幡製鉄所が見えた。

製鉄所がきれいだった。

昨日、初めて見た時は青空の下で汚れて見えていたことに、今になって気づく。列車の時間まで、中途半端な時間があった。なんとなく製鉄所に向かって歩き出す。川向こうにあるので、いくら歩いても製鉄所には辿《たど》り着けない。それでも行けるところまで歩いてみることにした。

香港の底力

二人が一緒に暮らしている超高層マンションの二十五階の窓からは、まるで合わせ鏡のように、向かいに建つ同じ形の超高層マンションが見えた。

オレンジ、白、青みを帯びた蛍光灯など、一つ一つの窓の明かりの中、それぞれの生活が営まれている。

二十五階から見下ろすと、この超高層マンション群に囲まれた広場があった。広場には孔子廟《こうしびょう》風の東屋《あずまや》があり、その周りで多くの住民たちが夕涼みをしている。

場所は香港の中心地から少し離れた住宅街、といっても日本と違って一戸建ての家屋が並ぶ閑静な雰囲気ではなく、超高層マンションが林立する躍動感溢れる地区だ。

この部屋に暮らす二人とは、つい数時間前に出会ったばかりだった。共に二十歳《はたち》になったばかりだという若いカップルで、彼はコーヒーショップ勤務、彼女は学生ということだった。

話を遡ること数ヶ月前、香港を舞台にした短篇《たんぺん》小説を書くことになり、もし可能なら香港の若いカップルの話を聞いてみたいという、とてもざっくりとしたお願いを講談社の三枝さんにしていた。

その後、香港取材が決まり、現地コーディネーターの女性が、「甥《おい》っ子《こ》たちでよければ」と快くこのざっくりとしたお願いを叶《かな》えてくれたのだ。

普段、小説を書く時にあまり取材をするタイプではない。もちろん舞台となる場所を見に行ったりはするのだが、たとえばモデルになるような人から話を聞くというようなことはほとんどなかった。

自身もそうだが、人というのは畏まったインタビューや取材で、正直に自分のことなどなかなか話せない。当然カッコもつけるし、カッコよく見えるようなことを言う。となると、聞き手側としては、あまり必要でない話ばかりになる。

人というのは、話してくれと言われた時より、話してくれるなと言われた時の方が本心をさらけ出すものだ。

それはさておき、この時、香港の現地コーディネーターが紹介してくれた「甥っ子たち」の初々しさといったらなかった。見ているだけで自分の青春時代を思い出して甘酸っぱくなるほどで、甥っ子の方はエディソン・チャンみたいなイケメンだし、その彼女はケリー・チャンみたいに愛らしかった。と、ここでとつぜん譬《たと》えが古くなるのは、実はこの話、今から十年ほど前のことだからだ。

とにかく二人は初々しく、好感が持てるカップルだった。

ただ、僕らは彼らに出会って早々、とても申し訳ない気持ちになっていた。というのも、『裕記』というガチョウのローストが有名なレストランで待ち合わせたのだが、そこに現われた彼らが、いわゆるよそ行きの格好をしていたのだ。

僕らはすぐに気がついた。

おそらくコーディネーターさんが、「日本の雑誌から若い香港人のカップルの取材をしたいと頼まれたから出てくれないか」とお願いされたのだ。

確かに僕が短篇を執筆するのは日本の雑誌に違いないが、彼らが思っているようなファッション誌でもカルチャー誌でもなく、文芸誌……、それもごりごりの純文学誌で、せっかくいい服を着てくれたのに、当然フォトシューティングもない。

たぶん、同行していた三枝さんも、瞬時にこの事態に慌てたのだと思う。彼は慌ててバッグから小型デジタルカメラを出すと、とってつけたように彼らを撮影し始めたのだ。

しかし、彼らの期待とこの小型デジタルカメラがあまりにも不釣り合いで、逆に僕らは居たたまれなくなっていた。

それでも誤解をときつつ、美味しいガチョウのローストを食べながら話をしているうちに、和気藹々《わきあいあい》とした雰囲気になった。

彼らに何か聞きたい質問があるというわけではなかった。彼らが今、どのように微笑み合い、どのような食べ方をして、どのように人の話を聞き、どのように自分の話をするのか、そんなことを知りたいだけだった。

賑やかな食事のあと、彼らは自分たちのマンションでお茶でも飲んでいかないかと誘ってくれた。そこで連れて行ってもらったのが前述した超高層マンションだ。

てっきり二人だけで暮らしていると思っていたが、そこには彼の母親も一緒だった。その夜はたまたま外出していらしたが、ドアが開けっ放しでその寝室が見えた。

どの部屋も決して広いとはいえない造りだった。香港の住宅事情を考えれば、当然なのだろうが、ベッドを一つ入れるといっぱいになるような小さな部屋が三つ、その一部屋を二人で使っているという。

二人のベッドの枕元にはくまのプーさんのぬいぐるみがたくさん並んでいた。お茶をいただき、高層階の窓からの眺めを堪能したあと、二人はまた一階まで送ってくれた。その場で握手をして別れる。おそらく再び会うことはないだろうと思ったが、逆にたった一夜の出会いだと思えば、強く記憶に残る、とても幸せな一夜だった。

翌日、とつぜん我がままを言って、郊外にある大学のボート部を見学させてもらった。当初の予定になかったことだが、有能なコーディネーターはすぐに手配してくれた。昨夜会った彼が静かな川で必死にボートを漕いでいる光景が、なぜか頭の中で鮮明になっていた。

場所は沙田《サーティン》という地区で、やはり林立する高層マンションの足元を縫うように運河が流れている。

香港の印象といえば、中環《セントラル》辺りの高層ビル群や、看板とぶつかるように二階建てバスが走る九龍《クーロン》の光景がまず目に浮かぶ。しかし、東京や大阪にもいろんな顔があるように、香港の顔も一つではない。

そう言えば、この取材旅行の最中、コーディネーターさんがこんなことを言っていた。中国に返還されたあと、何か変わりましたかという僕らの質問に対して、「別に何も変わりませんよ。ボスがイギリス人から中国人になっただけ」と。

幸い、とつぜんのお願いにもかかわらず、大学のボート部の練習を見学させてもらうことができた。ちょうど練習中で、広い運河には何艘《なんそう》かのボートが出ていた。

リズムを合わせ、櫂《かい》が動く。高層ビルや広大な運河という景色の中で、学生たちのその櫂の動きは本当に小さいものだった。でも彼らのボートはその何倍も何十倍も先へと進んでいった。

櫂を握る彼らの力を感じた。彼らの頬に当たる風も感じた。がんばれと素直に思った。

好きだ！

よその猫をあまり知らないので、うちの猫の生態が普通なのかどうか分からない。

うちには金ちゃんと銀ちゃんという猫がいる。簡単に紹介すると、金ちゃんはアクション映画、銀ちゃんはコメディ映画で、どちらも見ていて飽きない。

このアクション映画な金ちゃんが、この冬、妙なことにはまっていた。昨冬、モコモコのボア毛布を買ったのだが、このボア毛布と戦い始めたのだ。

毛布というのは羽毛布団の上からかけたほうが温かいので、普段の羽毛布団の上にこのボア毛布をふわりとかけて就寝となる。しかしこちらが寝ようとすると、どこからともなくこの金ちゃんがベッドに飛び乗ってきて、腹の上で００７が戦っているのではないかと思うほどの大騒ぎとなるのだ。

まず、金ちゃんにしてみれば、このモコモコ毛布に自分の寝床が奪われたと見えるらしい。敵ではなくて、ただの毛布なのだから、その上で寝ればいいじゃないかと飼い主は思うのだが、当の〝本人〟にはやはり侵略者にしか見えない。

戦い方としては、まずちょっと盛り上がった部分を噛《か》む。噛んで、引っ張り、そして両足でふみふみする。一見、猫のふみふみ運動（母親に甘えていた習慣）のように見えなくもないが、次第に動きが凶暴になってくる。

次に毛布を噛んだまま引き下げていく。それも肩口が寒くないようにと、こちらがせっかく引き上げたあたりから引き下げる。右が終わると、今度は左に移動。そしてまた右へ戻って、ふたたび左。毛布は徐々に引き下げられる。肩口から胸元へ、胸元から腰へ。

最初は金ちゃんに引き下げられるたびに、毛布を肩口へ引き上げていたのだが、この戦いが三日続いたあたりで諦めた。

小さな猫がダブルベッド用の毛布を噛んで引っ張って剝がすのだから時間はかかる。金ちゃん的には、広がっていた毛布を足元にかためてしまえば、自分の勝ちとなるらしく、勝負がつくと、「フンッ、どんなもんだい」とばかりに鼻息をつき、敵のいなくなった場所で満足そうに毛づくろいをし、その後、体を丸めて寝てしまう。

結局、この冬は、一度もボア毛布の温かさを味わえずに終わってしまった。

ちなみに、もう一匹の銀ちゃんは、毎晩この戦いが終わるとやってきて、足元にかためられた毛布（一番ふわふわして、温かい場所）で眠る。

うちは飼い主が時間に不規則な生活をしているため、基本的にみんな時間にルーズなのだが、この毛布と戦う金ちゃんだけは規則正しい生活を心がけている、ように見える。

前夜の深酒で、飼い主が二日酔いでも、容赦なく決まった時間に起こし、その起こし方も荒っぽく、体はもちろん、起きなければ顔を踏みつけてくる。

会話ができないので、あくまでも想像だが、おそらく金ちゃんは自分のことを勤勉な勤め人だと思い込んでおり、毎朝どこかに出勤しているつもりでいる。

だからこそ、決まった時間に飼い主を起こし、朝食の準備をさせて、それを食べ、身支度する。とはいっても、マンションで飼われる家猫なので、実際にどこかへ出勤することはできない。

そこで金ちゃんが苦肉の策で選んだ場所が浴室だ。

これも毎日のことなのだが、ごはんを食べて身支度をすると、金ちゃんは必ず浴室へ向かう。うちの浴室はガラス扉で、押せば開くが、中からは押しても開かず、取っ手を引かなければならない。だから、毎日、金ちゃんは浴室に閉じ込められる（自分から）。

飼い主も起きれば、いろいろとやることがある。神棚の水を替え、お湯を沸かしてお茶を飲み、顔を洗ったり、歯を磨いたり、掃除機もかけなければならないし、猫トイレも掃除して、なんやかんやで一時間はかかってしまう。

この間、金ちゃんは勤務先でじっと待っている。ついでに風呂の掃除でもしてくれれば助かるのだが、何もしないで待っている。

一時間も待たされるものだから、用事を済ませた飼い主がいよいよ浴室へ迎えに来ると、それはもう喜びを爆発させる。

蛇口に、壁に、シャワーヘッドに、自分の頭を擦《こす》りつけ、「ミャオ、ミャオ、ミャオ、ミャオ」ふだん鳴かない分、ここで一気に鳴きつづける。

あくまでもたぶんだが、やはり金ちゃんはこの浴室を職場だと思い込んでおり、やっと来てくれた客に、精一杯のサービスをしているのだと思う。

このように書くと、金ちゃんが人懐っこい猫のようだが、実際はまったく違う。家に誰かが来ると、一目散に逃げてしまう。一方、銀ちゃんの方が驚くほど人懐っこい猫で、遊びに来た友人たちにはもちろん、宅配の配達員さんにもついて行こうとする。なので、みんなの人気者はいつも銀ちゃんとなる。この銀ちゃん、人には懐くし、とにかくフォトジェニックで、遊びに来た友人たちはみんな銀ちゃんを写真に撮りたがる。

もちろん銀ちゃんが計算高いわけではなく、なんの計算もないからこその可愛らしさなのだが、それでも銀ちゃんだけが脚光を浴びていると、少しだけ金ちゃんが不憫《ふびん》にもなる。

と、ここまで一気に書いてきて、やはりとても気分がいい。

実は、一度このエッセイ欄をうちの猫たちのことだけで埋めてみたいと思っていたが、まさかこんなに気分がいいとは思ってもいなかった。

自分が好きなものを、「好きだ！　好きだ！　好きだ！」と堂々と言えることの、なんと気分のいいことか。自分にとって大切なものを、「大切だ！」と叫ぶことの、なんと晴れ晴れとすることか。

騙《だま》されたと思って、ぜひ読者のみなさんも一度どこかでやってみてほしい。別にエッセイなんかを書く必要はない。もちろん誰かのことを犠牲にしないという大前提での話だが、ぜひ自分が好きなものを「好きだ！」と堂々と口にしてみてほしい。大切なものを、「大切だ！」と叫んでみてほしい。新しい一年が始まる四月でもあることだし。

不思議なもので、そうすると今の自分が見えてくるような気がする。いや、今の自分というか、今の自分がどれくらい幸せなのか、そんなことに気がつける。

そういえば、今年（二〇一五年）のグラミー賞でマドンナがパフォーマンスを行った。昨年のグラミー賞でも、人種も外見もさまざまな三十四組の異性愛や同性愛カップルが集団結婚式を挙げる中、ヒップホップ・デュオのマックルモア&ライアン・ルイスと共に「セイム・ラブ」を感動的に歌い上げていたが、今年のパフォーマンスもまた、去年に匹敵するほど印象的なもので、新曲「リヴィング・フォー・ラヴ」を披露する前に次のようなメッセージが流れていた。

望みを手にするために、誰かの承認を求める必要なんてない。

誰かを羨んだりせず、今の自分自身に満足する。

ユニークで、レアで、大胆な自分自身に。

対馬旅情

幸い天候もよく、プロペラ機はほとんど揺れなかった。窓の外にリアス式の美しい海岸線が近づいてくる。

窓に顔を寄せる。機体の底からタイヤが出てくる。そろそろ着陸するらしかった。

ふと対馬《つしま》に行ってみようと思ったのは、久しぶりに長崎に帰省した帰りだった。特に理由があってのことでもなかったが、敢えて挙げれば、ある雑誌で万葉集にある防人《さきもり》の歌を数首読んだばかりだった。

韓衣《からころむ》裾に取りつき泣く子らを置きてそ来《き》ぬや母《おも》なしにして

これはそのうちの一首だが、「衣の裾にまとわりついて泣く子どもたちを置いてきた、母もいないのに」というような歌になるのだろうか。

万葉集といえば、千二百年以上も前に編まれた歌集だが、つくづく人のぬくもりというものは、今も昔も一℃たりとて変わらないのだと気づかされる。

向かったのが夕方の便だったので、対馬空港に到着してレンタカーを借りる手配などをしているうちに日が暮れた。

カウンターで対馬の観光地図をもらう。ちなみに対馬をざっくりと説明すると、上対馬と下対馬から成り、空港はちょうどこの真ん中辺りにある。島の面積では日本で十番目、東京二十三区を合わせたよりも少し広い。

女性スタッフに、「観光ですか?」と聞かれたので、「はい」と頷き、ついでに質問してみる。

「ここからこの一番下まで車でどれくらいですか?」

「さぁ、二時間くらいですかね」

「え? 往復四時間? じゃあ、こっちの一番上の方までは?」

「こっちはもっとかかると思いますよ。たぶん三時間か四時間?」

「え? 片道?」

ほとんど悲鳴のようなこちらの声に、スタッフも驚いている。

知らない土地を訪ねると、たまにこのような「距離音痴」になる。島なのだから、車でぐるりと回れば一、二時間と、何の根拠もなく思ってしまっているのだ。面積は東京二十三区とほぼ同じでも、首都高があるわけじゃなし、曲がりくねった山道が多いのだから当然時間もかかるわけだ。

たったの一泊で来てしまったことに今さら肩を落とす。と、次の瞬間、なんとも愛らしい物体が目に飛び込んでくる。もらった地図の表紙に、かわいい猫の写真が載っている。体は狸っぽくて、毛並みがベンガル？　これこそが「ツシマヤマネコ」らしい。

急な旅行だったので何の下調べもしていなかったが名前くらいは知っていた。

「あの、これ、どこで見られますか？」と思わず指差す。

「ああ、ツシマヤマネコですね」

スタッフが指差したのは対馬野生生物保護センターだった。空港からだと、やはり往復三時間以上はかかるという。

その後、ホテルへ向かった。急遽予約した空港近くのホテルだったが、なんでも温泉があるという。

たまにはのんびり温泉に浸かって、夜は久しぶりに読み返そうと持参した川端康成の『伊豆の踊子』を開こうと気分が高まる。

案内された部屋の窓の外は玄界灘《げんかいなだ》らしかった。明日になれば、その雄大な姿が見られるのだろうと期待を込めてカーテンを閉める。

ホテルの温泉はさらっとした感触だったが、気持ちよく温まれるお湯だった。季節外れの平日で、ほとんど泊まり客はいない。風呂を出て、レストランに入ったのだが、ここもまた広い店内はがらんとしている。

窓際の席に着くと、頭上の電気がついた。客がいなかったので、省エネで消していたものらしい。

メニューは「対馬の海の幸定食」や名物「とんちゃん焼き」などと豊富だったが、なぜかどうしてもハンバーグが食べたくて、「ハンバーグ&海老フライ&チキン」なる欲張りセットを頼んだ。

よほど腹が減っていたのか、「ごはん大盛りで」とお願いすると、「お替わりもできますよ」と教えてくれる。ただ、どうせ食べるしと「大盛り」を強行した。

しかし、届いたその量を見て反省する。ハンバーグも海老フライも特大なら、大盛りのごはんは二合ほどあった。

それでも静かな店内で黙々と食べ始めた。

ハンバーグは普通だったが、その海老フライの美味いこと。高級天ぷら店のこぶりな海老もいいが、ぼってりとした身がからりと揚がっていて唸《うな》るほど美味かった。

ただ、がらんとした広い店内で、一人食事をするのは少し寂しい。ＢＧＭがあるわけでもない。

その上、なぜか店のスタッフだけは多い。みんなお揃いの制服で、白いエプロンをつけた女性たちだったが、なんとなく数えてみると、客一人に対して七人もいた。

一番奥の窓際……、座った場所が悪かったのもある。たまたま観葉植物の裏に隠れてしまっていたせいもある。料理が届いて食べ始めると、徐々に僕の存在は彼女たちに忘れ去られているらしかった。

そのうち翌朝の朝食ビュッフェの準備が始まった。

テーブルのセットが次々と変えられ、さっき標準語で注文を取りに来たウェイトレスさんが土地の言葉で指示を出す。

途端にホテルのレストランが、親戚の家のようになる。実際、スタッフ同士は叔母や姪《めい》ではないのかと思えるほど仲が良い。ときどきケラケラと声を上げて笑いながら、手際よく仕事を進めていく。

もう完全に僕の存在はここにない。

これ以上じっとしていると、逆に悪いような気がして椅子を引いた。音が立ち、みんなが驚く。

「あら、お客さんがおんなった。ごめんなさいねえ」

なんとなく可笑《おか》しくなって互いに笑い合った。

旅先でのこういうなんてことのない会話が、なぜか記憶に残ったりする。結局、旅先というのは、のんびりしていると思いながらどこかで緊張しているところがあって、こういう風に緊張を途切らせた誰かのお陰で、ふと自分の緊張までほぐれるのだ。

そして、旅先でほっとするというのは、実はとても難しいことなのだ。

そういえば、この夜読み返した『伊豆の踊子』の中に、下田《しもだ》港で踊り子と別れた主人公が揺れる船内で涙を流す場面がある。偶然隣で寝ていた少年に、「何かご不幸でもおありになったのですか」と尋ねられ、「いいえ、今人に別れてきたんです」と応える。そして少年に海苔《のりま》巻きのすしをご馳走《ちそう》になり、少年の学生マントの中に潜り込んで寝るのだ。

『私はどんなに親切にされても、それを大変自然に受け入れられるような美しい空虚な気持ちだった』
もう何度も読んできた文章だったが、なぜかその夜初めて読むような気がした。旅先でのんびりできるかどうかということは、誰かの親切を自然に受け入れられるかどうかなのかもしれない。

青の氾濫・竹富島

手元の資料によれば、一口に青色といっても三十三種類もの青があるらしい。

藍色、空色、水色、紺色……

この辺りは馴染《なじ》みのある青だが、
水浅葱《みずあさぎ》、露草色、勿忘草色《わすれなぐさいろ》、青褐《あおかち》、鉄紺……

となってくると、名前だけではどんな青なのか判断できない。

ちなみに、英語ではどうなのだろうかと調べてみた。

ざっくりと調べたところ、代表的な青色は八種類で、ネイビー、インディゴ、ウルトラマリン、コバルト、シアン、ティール・ブルー、プルシアン・ブルー、セルリアンとなる。

たとえば、ルネッサンス期にラピスラズリ石で描かれた青がウルトラマリン、ゴッホの絵によく見られるのがコバルト、鴨《かも》の目の周りの羽の色がティールで、世界初の青色人工色素がプルシアン・ブルー、最後のセルリアンは空や天国を表すラテン語由来と紹介されている。

ところで、なぜとつぜん青の種類なんかを調べ始めたかというと、理由は沖縄の竹富島《たけとみじま》だ。今月はこの竹富島を訪ねた時のことを書こうと思い、その際に撮ってきた写真を見たのだが、岸壁から撮影した海と空に、あまりにもいろいろな青があり、その色の豊富さに改めて驚かされたからだ。

写っているのは、とにかく海と空だけ。

もう少し詳しく説明しても、近い海と遠い海、低い空と高い空なのだが、この中になんとも凄《すさ》まじい数の青がある。

先ほど日本語で青は三十三種類もあるのかと驚かれた読者も多いと思うが、とんでもない、実際にこの写真を見たら、三十三でも足りない。況《ま》してや八種類だなんて到底ありえないと思われるはずだ。

竹富島へは日帰りだった。石垣島に滞在中、ちょっと行ってみようかなと思ったくらいの軽い気持ちからだった。

実際、石垣島から竹富島まではフェリーで十分程と気軽に行ける距離で、その上、三十分に一本の割合で運航してもいる。

訪ねる以前の竹富島のイメージといえば、赤煉瓦《あかれんが》の民家と白砂が撒《ま》かれた道。石垣に囲まれた家々の庭では、鮮やかなブーゲンビリアが咲き乱れている。白砂、赤煉瓦とブーゲンビリア、そして見上げれば圧倒的な青い空。

そこへのんびりと観光客を乗せた水牛車がやってくる。叙情的な鈴の音が、ここに時間が流れていたことをふと思い出させる。

というのが、訪れる以前に持っていたイメージなのだが、驚くことに実際に訪ねた竹富島はまさにこのイメージ通りというか、イメージ以上にイメージ通りの島だった。

もちろん日帰り観光客の目に映ったものなので、本質的なものではないのは分かっているが、それにしてもおおかたの観光地というのは、訪ねる前に抱いていたイメージより、ちょっとだけ（場所によって、かなり）残念なことが多いのに、この竹富島に限ってはそのイメージを上回ってくる。

これまでいろんな観光地を訪ねてきたが、こういうことはなかなかない。

少しヘンな言い方になるが、これは観光地自身がどれくらい観光地としての自覚を持っているかということにかかっていて、たとえばアイドルとしての自覚を持っているアイドルの笑顔と、それがないアイドルの笑顔くらいに差が開いてくる。

要するに、見られていることを前提にそこにあるという覚悟を、ここ竹富島は持っているのだ。

観光客の例にもれず、まず島の中心地へ向かうと、なごみの塔に登った。これは五メートルほどの高さの展望台（？）で、赤瓦屋根の集落が一望できる。

ただ、展望台と言っても、急な階段を上がった場所は、人ひとりがやっと立てる程度の広さで、自然と順番を待つ列ができる。

登って、写真を撮り、下りてくる。次の人が登り、周囲を見渡して下りてくる。この竹富島の雰囲気がそうさせるのか、見知らぬ者同士がその際なんとなく言葉を交わす。

「上がってみると、結構高いですよ」

「そうですか？」

「ええ、お気をつけて」

展望台からの景色を堪能すると、次に水牛車に乗ってみた。

のんびりと、という言葉がこれほど似合う乗り物もない。強い日差しを浴びた白砂の小道をカランコロンと鈴の音を響かせて水牛車がゆく。濃い影がついてくる。

ゆったりとしたリズムのせいか、集落の風景を眺めているうちに、なぜか子どもの頃の記憶が蘇る。庭に作ってもらったビニールプールで水浴びをした記憶。無理やり被せられた麦わら帽子がこめかみを擦り、痛がゆかった感触。

水牛車のあと、のんびりとカイジ浜まで歩いた。カイジ浜はいわゆる星砂の浜で、白砂のビーチでは星の砂が見つかる。

集落を出ると、この白砂のカイジ浜まで一本道となる。椰子《やし》やデイゴやソテツなど、南国特有の樹々の中、一本の道が海へと長く続いている。

一面は南国の緑、そこを分かつ一本道、そして圧倒的な青い空。

なぜか、この時の竹富島で一番記憶に残っているのがこの一本道だ。

特に何があったわけではなく、海へ向かってのんびりと歩いただけなのだが、季節外れだったこともあり、さほど観光客も多くはなかった。おそらく行楽シーズンであれば、多くのレンタサイクルが行き交っていたと思われる。

それでもときどき海から戻ってくる人とすれ違ったし、自分よりのんびりな人を抜いたり、逆に追い抜かれたりした。

この時、一口に歩くといっても、いろんな歩き方があるんだなあと思ったのだ。真っ青な空と一面の緑と一本道。他に動くものがないものだから、見知らぬ人の歩き方ばかりが気になったのかもしれない。

笑っているような歩き方。ちょっと澄ましたような歩き方。いろんなものに気遣って歩く人。いかにも目的がありそうな人。逆に何の目的もなさそうな人。水牛のスピードぐらいのんびりな人。草をむしったり、花を見たり、寄り道が多い人。

とにかくいろんな歩き方はあるが、不思議と不快な歩き方というものはない。たぶん歩くという行為自体が不快なものではないからだと思う。

そういえば、青という色も同じで、三十三種類もあるわりに、そのうちのどれにも不快なものがない。

普段は気にもしないのに旅先ではなぜか気になるというものがあるが、人の歩き方もその一つではないだろうか。

おそらく旅というものがイコール歩くことでもあるからだと思うが、「へぇ、この人はこういう歩き方をするんだなあ」と、普段からよく知っている人であっても、その歩き方にふと気づくことがある。

読者のみなさんも、今度ぜひ旅行に出かけた時には、大切な人の歩き方を改めて見てほしい。きっと「へぇ、こんな歩き方するんだなあ」と、また一つその人の魅力を発見できるのではないだろうか。

浅草散歩

最近、なぜか浅草づいている。

上京して早二十数年、東京の西側ばかりを生活拠点にしていたので、これまで数えるほどしか浅草には行ったことがなかった。それがここ最近、なぜか行く機会が多い。

きっかけは、この春に行われた陽春大歌舞伎「平成中村座」だった。浅草寺《せんそうじ》の境内、というよりも、浅草寺本堂（観音堂）の裏の空き地に建てられた仮設劇場が、いかにも芝居といった風情で芝居が始まる前から心が浮き立ってくる。

靴を脱ぎ、ベンチに座布団という座席に座ると、目の前には、黒、白、柿色のきりりとした定式幕《じょうしきまく》、天井からは中村座の文字の大提灯《おおぢょうちん》がさがり、興奮気味な客席をぐるりと赤い提灯が取り囲んでいる。劇場に入っただけで、祭りに飛び入り参加させてもらっているような気分だ。

この日、夜の部を観たのだが、まずは『妹背山婦女庭訓《いもせやまおんなていきん》』の「三笠山御殿《みかさやまごてん》」で、嫉妬に狂うお三輪《みわ》を演じた中村七之助《しちのすけ》がなんと生々しかったことか。長年の映画好きとしては、このまま中村七之助が踊り続けていると、そのうち溝口健二の名作『残菊《ざんぎく》物語』で花柳《はなやぎ》章太郎が演じた「積恋雪関扉《つもるこいゆきのせきのと》」の遊女墨染《すみぞめ》の姿に変身していくのではないかと、つい身を乗り出してしまったし、次の演目『高坏《たかつき》』では、中村勘九郎の下駄《げた》タップが絶妙で、実はこの日、あまり体調が良くなかったのだが、気がつけばその演技のあまりの楽しさに体調もすっかり良くなってしまった。

そんな楽しい体験をしたせいもあり、次の週にはぶらりと浅草を散歩してみた。

浅草寺から花やしきを抜けて、六区の方へ。

まったく知らなかったが、この辺りにはずらりと屋台風の居酒屋が並んでおり、まだ日のある夕方から大変な賑わいで、大勢の酔客が美味そうにビールを飲んでいる。ある店を覗くと、子どもの頃好きだったコントコンビのボケ役の方がいて、「おお！　さすが浅草だ」と思わず感動してしまった。

思い起こしてみれば、初めて浅草に来たのは父に誘われてだった。

九州から東京見物に来た父に、どこへ行きたいかと尋ねると、「浅草」と答える。正直、浅草＝雷門というイメージしかなかったので、とにかく人ごみを嫌う父があの混み合った仲見世に五分と耐えられるわけがないと思ったのだが、よくよく聞いてみれば、浅草の演芸場で落語を聞きたいという。

父は大の落語ファンでもあるが、いわゆる活字中毒で、八十歳になる現在でも、新聞四紙に、週刊誌三誌、加えて『文藝春秋』『中央公論』などの総合誌まで定期購読している。

小さな酒屋の親爺《おやじ》にしては驚くほどの読書量で、実家の本棚にはずらりと文学全集などが並んでいた。子どもの頃はさほど気にもしていなかったが、もし家にこの本棚がなかったら、自分は作家になれていなかっただろうと思う。

父から「本を読め」と言われた記憶はあまりない。読書というのは強制されてやるものではない。ただ、本を積み木代わりにして遊んだり、枕代わりにしてもいいが、本がある家で育った子どもと、そうでない家で育った子どもでは、情操的に何かが違ってくるような気がしないでもない。

となると、電子書籍だとどうなるかだが。数十年後がちょっと気になる。

そうそう、さきほど歌舞伎を観に行った時、あまり体調が良くなかったと書いたが、もう少し説明させてもらうと、健康診断で何かの数値が悪いというわけではないのだが、どうも胃の調子が悪いというか、だるいというか、そういう状態が続いていた。この話を友人にすると、「だったら漢方がいいよ」と勧めてくれた店がまた浅草だった。

以前だったら、「浅草かぁ、遠いなぁ」と敬遠していたのだろうが、すぐにも行きたくなる。

早速、教えてもらった漢方薬の店を訪ねるていで、また浅草散歩に繰り出した。もう漢方が目的なのか、前回入れなかった洋食屋で海老フライを食べるのが目的なのか分からない。

というわけで、とにかく老舗《しにせ》の漢方薬店を訪ねてみた。

これこれ、こういう症状で、これこれ、なんとも調子が悪いのです、という、ざっくりとしたこちらの話を、お店の人は真面目《まじめ》に聞いてくれる。一通り話し終えると、「おいくつですか？」と聞かれ、「四十六です」と答えた。

お店の人が深く頷く。

「たとえば疲れやすいとか、酒が抜けないとか、以前みたいに食べられないとか……ですよね？」

「ええ、そうなんです」

「今まで百できてたことが、六十か七十しかできない」

「ええ、そうなんです」

「それ普通ですから。要するに年ですよ」

……なんというか、とってもショックなことを言われているのだが、ガッツポーズをとりたくなるほど合点がいく、というか、逆に、病気じゃないと言われて嬉しいのに、悲しいというか、なんとも複雑な気持ちだった。

それでも症状に合わせてもらった漢方薬を買い、以来毎朝飲んでいるのだが、お店の人の言葉の力か、漢方のおかげか、幸いこのところの体調はすこぶる良くなっている。

そういえば、この少し前、ある食事会に誘ってもらって参加した。

参加者は、清水ミチコさん、吉本ばななさん、スピリチュアル女子大生のCHIEちゃんなど、なんとも豪華で楽しそうな食事会で、実際にとても楽しかったのだが、くだんのなんとなく調子が悪い時期でもあったので、テンポよく飛び交う陽気な会話の中、

「実は、最近ちょっと胃の調子が悪くて……」

と、ひどく場違いな愚痴をついぽろりとこぼしてしまった。すると、

「病気の話は一人一個までね！」

と、すかさず清水さんから上手い具合に瞬殺された。

この時も、「ああ」と妙に納得した記憶がある。

清水さんは（ちょっとだけ）人生の先輩に当たる。

まだ僕らの同級生のあいだだと、胃が痛いとか、腰が痛いとか、だるいとか、そういった話は、集まった仲間の誰かが言うか言わないか程度の割合だが、これがもう少し年を重ねると、集まった仲間のほとんどが何かしらその手の話を持っており、更に年を重ねると、一つどころか二つも三つも持つようになるのだ。

今年八十になった九州の父からたまに電話がかかってくると、あそこが痛い、ここが調子悪いと、長々と話し出す。医者や漢方薬の店員じゃないので、「病院に行けば」としか言えないが、もしかすると「もう八十なのだから、そんなに元気なはずがない」と言ってやったほうがいいのかもしれない。

現在、夏真っ盛り。四十代のくせに二十代の楽しみ方をしようとするからいけないのであって、十代には十代なりの、七十代には七十代なりの、それぞれの楽しみ方でこの夏を過ごしていきたいものである。

楽しんでいる者勝ち

久しぶりに行ったパリがとても楽しかった。

パリという街は不思議な街で、訪れる者の姿を映すというか、心を映すというか、その時のコンディションを映すというか、とにかく毎回違った都市を訪ねているのではないかと思うほど、その印象が違う。

どこの都市でもそうじゃないかと言われるかもしれないが、たとえば台北やバンコク、チューリッヒやサンフランシスコは、なんとなくいつ行っても台北やバンコクやチューリッヒやサンフランシスコなのだが、やはりパリだけは、今年行ったパリと、五年前のパリと、更にその前のパリが、まったく違う場所に思えてしまう。

初めてのパリ、見るもの全てが美しく、誰が言った台詞《せりふ》だったか「パリはゴミまで美しい」ではないが、そういう気持ちで来ると、パリはその期待に完璧に応えてくれようとする。

逆に、仕事が忙しくバタバタと準備してやってきたパリは、こちらが苛《いら》ついているからかもしれないが、どこか不愛想で、カフェの店員も意地悪に見える。

今回の久しぶりのパリが、なぜこんなにも楽しかったのか理由は分からない。何か特別なことをやったわけではなく、逆にせっかく何も予定がないのだから、とことんやりたいことを減らしたのが功を奏したのかもしれない。

一日にやることは三つだけ、と決めた。

①早起きをする。②行ったことのない美術館に行く。③近所の美味いレストランで夕食をとる。以上。

今回宿泊したのは、凱旋門《がいせんもん》にほど近いホテルだった。いわゆるブティックホテルで、気さくな雰囲気でこぢんまりとしているが、サービスは一流。実際、散歩から戻ってロビーのふかふかソファで休んでいると、「何かお飲みになりますか、ムッシュー」とすぐに声をかけてくれ、調子に乗って何か頼むと、やはりその料金も一流となる。

ホテルスタッフは優しいが、昨今のユーロはまったく優しくない。

また、こういう小さなホテルだと、スタッフの数も少ないので数日滞在すると顔見知りになる。

ある時ホテルを出ると、少し離れた場所で若い女性スタッフがタバコを吸っていた。見かけが真面目そうというか、どちらかと言えば嫌煙家に見えるタイプだったので、思わず、「え、タバコ吸うの!?」みたいに驚いてしまったのだが、「エヘへ」と苦笑いした彼女の可愛かったこと。

そしてこの彼女のお薦めで行ったのが、ホテルから歩いて十五分ほどにある『L'HUÎ TRADE』という牡蠣《かき》の店だった。

この店、大通りから一歩裏に入った場所で、石畳の路地にぽつんとあるのだが、驚くほど狭い。店先に牡蠣をさばくキッチンがあり、通りに向かってお兄ちゃんが立っているが、店内にはテーブル席が一つだけ。あとは壁際のカウンターに四人と、反対側のカウンターに二、三人で満席となる。

良いレストランには、メニューの説明をしてくれるだけで、客の食欲を大いに刺激するスタッフがつきものだが、まさにここの女性スタッフがそれだった。相手は英語なので、あくまでもニュアンスなのだが、

「うちはいろんなアレンジで牡蠣を楽しんでもらおうと思ってるのね。お薦めは

それが気軽に楽しめる三種類の牡蠣セットなんだけど、レモンと海藻とか、お肉と野菜のジュレをかけたものとか、あと、焼いたフランスパンにたっぷりと牡蠣をのせたものとか。そのあと今日用意してるのは魚介のスープ。ムースとスープで二層になってるの。その辺りでメインはまたあとで相談しない？　おなかに余裕があれば、ラムのコンフィもお薦めなのよ」

もう、聞いているだけで腹が鳴るし、涎《よだれ》まで出る。

結局、その全てを頼んで、ぺろりと完食した。またこの時飲んだ白ワインの美味かったこと、この上ない。

もう一軒、別の日に行ったのが『Restaurant Victoria 1836』だ。こちらは肉料理の専門店で、シャンゼリゼ通りから見ると凱旋門の裏側にあるレストラン。大きなスパニッシュ様式の窓から、デデンと間近に凱旋門が見え、内装はちょっと完璧すぎるほどにスタイリッシュ。さすがにTシャツ・サンダルでは無理だろうが、いわゆるスマートカジュアルくらいならまったく平気な店だと思われる。

この店、入ってまず何に圧倒されたかというと、席まで案内してくれたアフリカ系&モデル系美女の超絶なスタイルの良さだった。その形の良いお尻が目の前にある感じ？　と言えば伝わるだろうか？　とにかくその形の良いお尻に連れられて席へ向かう。すると今度はディオールのモデルかと思うほどの細身かつイケメンの給仕が現われる。ただ、この店、とても不思議なのだが、そうやって何から何までスタイリッシュなわりに、とっても居心地がいい。

実際、隣のテーブルでは中年のグループが楽しそうに同窓会的なことをやっていたし、ディオールモデル風の若者もまた、つんけんしたところが一切なく、そのきらきらした笑顔でサービスしてくれる。

肝心の料理も肉好きには嬉しいポーションと味付けで、さすが精肉店の息子がシェフのレストラン（ガイドブックによれば）と満足だった。

ここまで書いてみて、今回のパリがいつになく楽しかった理由がちょっと分かってきた。能天気な理由なので、わざわざ書くのも申し訳ないが、きっとここ最近、東京での日々の暮らしが楽しかったんだな、と気がついた。

もちろん何か特別なことがあったわけではないのだが、そんな能天気に楽しい気分でパリへ行ったものだから、パリの何もかもが、優しく、楽しげに見えたに違いない。

そういえば、この旅行中、タクシーに乗っている時にこんなことがあった。

シャンゼリゼ通りは大渋滞、プロレスラーのような運転手も苛々している。やっと少しだけ進んだのだが、そこはかの有名な凱旋門の前、中国からの観光客の一団が凱旋門を背景に写真を撮りまくっている。僕自身も経験があるが、横断歩道の途中に立って撮るのが一番美しい。

ということで、車の方の信号が青になっても、中央分離帯には中国からの観光客の一団が溢れんばかりに留《とど》まっている。

アクセルを踏もうにも邪魔で踏めない。そこでさすがにイラッときたらしい運転手がわざわざ窓を開け、フランス語で悪態をついた。たぶん、「どけ！」とか「失《う》せろ！」とかそんなニュアンスの何かだろうと思う。ただ、その発音が日本人の僕には「アロー」と聞こえた。

窓の外、運転手から怒鳴られたのは、ザ・観光客という中年男性だった。同じアジア人、この男性にもきっと「アロー」と聞こえたのだと思う。

次の瞬間、なんとこの人が運転手に向かって、「ハロー！」と手を振り返してくる。その表情のなんとも楽しげなこと。そりゃ、初めて凱旋門の前で写真を撮っているのだから、その気持ちは僕にも分かる。

「ハロー」と手を振られ、プロレスラーのような運転手も苦笑いする。さすがにお手上げというか、その表情は「せっかくの人生、結局、楽しんでいる者勝ちですよ」とでも言いたげだった。

標高四〇〇〇Mの国境

ちょうど鷹《たか》が飛び立つ時に見るような景色なのかもしれない。

ロープウェイ乗り場はスイス・ツェルマットの町の外れにあった。四～六名乗りのゴンドラでガラス張りのため、三六〇度の大パノラマが堪能できる。

ゴンドラに乗り込むと、まずドアが自動で閉まる。薄暗い出発基地から出た途端、急激に傾斜が高くなり、まさに空へ引っ張られるように昇っていく。

ゴンドラはあっという間に上昇する。さっきまで見上げていた西洋カラマツの木々を越え、足元には小学校のグラウンドが現われる。そのうちマウリチウス教会を中心に広がるツェルマットの町は遠ざかり、遥か彼方の山間《やまあい》の小さな町へと変貌していく。

代わって目を楽しませてくれるのは、青々とした牧草地と羊たち。アルプスの少女ハイジやペーターが雲に乗って眺めていたのは、きっとこんな風景に違いない。

ちなみにツェルマットというのは、いわずと知れたアルプス地方最大の山岳リゾート地で、頭上には雄大な雪山マッターホルンを戴《いただ》く。

このツェルマット、今回初めて訪れたのだが、なんだかとても懐かしい感じがした。というのも、ここ十数年でめっきり減ってしまったが、昔は世界各国の主要観光地に行くとよくあった「日本人観光客御用達」感が、ここツェルマットにはまだはっきりと残っていたのだ。

たとえば町を歩けばいたる所に、「いらっしゃいませ」と日本語で書かれたみやげ物店が並び、レストランに入れば日本語メニューがあって、スタッフが「こんにちは」と声をかけてくれる。

考えてみれば、僕らが気軽に海外旅行に行くようになった九〇年代初め、世界中どこへ行っても、ホテルの部屋にはSONYのテレビがあって、NHKを流すチャンネルがあった。それが今となっては、ホテルの部屋のテレビはほとんどサムスン、流れているアジアのチャンネルは中国のCCTVと相場が決まっている。

という時の流れと同じように、いわゆる日本人観光客御用達感たっぷりの観光地というのもすっかり見なくなっていたのだが、ここツェルマットだけは孤軍奮闘してくれていて嬉しかった。

町の外れから出発したロープウェイは、のどかな牧草地の上空をゆったりと進み、更に高度を上げて「フーリ」という中継地点に到着する。

先は急がず、まず「フーリ」で降りて、少し歩いてみることにする。三六〇度の大パノラマ。たった一人、アルプスの山々に抱かれるという、なんとも贅沢な体験ができる。ここ「フーリ」には湖があり、多くの登山客が湖畔で時を過ごしていた。

新鮮な空気と雄大な景色。青々とした芝生にごろんと横になって、雲でも眺めたい気分なのだが、やはり現地に行ってみないと分からないことはあるもので、まさに美しい絵はがきの中にいるのだが、のどかに草を食む羊や牛たちがいるということは、地面のいたる所に排泄物《はいせつぶつ》も落とすということで、ごろんと横になる場所はなかなか見つからなかった。

ごろんと横に、で思い出したが、ツェルマットの町にはいたる所に、この「ごろん」用のベンチが置いてあった。まさにごろんと横になってマッターホルンを眺めるために作られた木のベンチで、日本の籐《とう》椅子を少し大きくした形とでも言えばいいのか、とにかく寝心地がいい。

このベンチが教会横の公園、川沿いの芝生などに無造作に置いてあり、誰でも自由にマッターホルンを眺めながらごろんができる。

教会横の芝生の公園でこのベンチに寝転がっていた時、一匹のチワワが駆け寄ってきた。体を起こして撫でていると、飼い主らしいアジア系の女性が近寄ってくる。

「ツェルマットにお住まいなんですか？」と英語で尋ねると、「いえ、家族でバカンスに。犬も一緒」と応え、「あなたはどちらからですか？」と流暢《りゅうちょう》な英語で訊いてくる。

「日本です」と応えた瞬間、今度は更に流暢な日本語で、「ああ、日本からですか」と驚く。

「え？　あなたも日本人？」

「いえ、香港から」

「日本語、うまいですね」

「三年ちょっと暮らしてて」

話によれば、彼女は香港育ちで一時期東京で働いていたが現在は台湾在住。ちなみに母国語の広東語の他に、英語、日本語、北京語、ついでにフランス語まで話せるという。なんだか抱き上げたチワワまでマルチリンガルに見えた。

中継地点「フーリ」から「トロッケナーシュテーク」を経由して、一気に標高三八八三メートルの「マッターホルン・グレッシャー・パラダイス」まで昇っていく。

ゴンドラからの景色も急激に変化する。牧歌的な風景は、突如として青い氷だけの世界となる。ゴンドラの窓の隙間から冷たい外気が流れ込んでくる。気温は徐々に下がり、零下の世界となる。

今度の三六〇度大パノラマは、青い空と氷だけの世界。

山頂でゴンドラを降りると、頰に当たる空気が痛いほど冷たい。岩盤をくり貫《ぬ》いた薄暗い通路を進むと、小さなエレベーターがある。このエレベーターで更に上昇し、扉が開いた途端、あまりの眩しさに思わず目を閉じる。

間近に感じる太陽の日差しが、真っ白な雪原で反射している。山の頂きというよりも、空に立っている感じ。

ここ「マッターホルン・グレッシャー・パラダイス」は真新しい施設で、展望台内にはシャレたレストランまで完備していた。場所柄、その料金はバカ高く、料理は全体的にしょっぱかったが、温かい各種スープ、ラム肉のグリル、名物ポテト料理のローシュティーなど、さすがヨーロッパのリゾート地と思わせる品揃えだった。

そのちょっとしょっぱいスープを飲みながら、窓際の席で目映《まばゆ》い雪原を眺めていると、ベルギー人の男性に、そのスープは美味しいかと声をかけられた。

「いや、しょっぱいです」と素直に教え、なんとなく横に並んで景色を眺める。

隣のテーブルに中国の若者グループがおり、これから男子たちが外へ出て裸になるというようなことで盛り上がっている。

この雪原で裸になって写真を撮るというのはどうやら定番のようで、さっきから何組かサンタクロースのようなおじさんたちが上半身裸になっていた。

いよいよ中国の若者たちが外へ出ていく。サンタクロースのようなおじさんたちに比べると、その痩せた姿は見るからに寒々しい。仲間の女の子たちに声援を送られ、若者たちが一斉に上着を脱ぐ。

眺めていた隣のベルギー人が、自分でもその寒さを感じたのか、「ワォ」と声を上げて身震いする。

すぐそこの売店ではサリーを着たインド人女性たちがおみやげを選び、料金制のトイレの前ではイタリアの青年たちがそのシステムが分からず、おそらく「もれる、もれる」と騒いでいる。

ふと、ここは空に近いもんなぁ、と思う。空に近いと、国境なんかもきっとぼんやりとしてくるんだろうなぁと。

旅先でまずやること

海外旅行へ出かけて最初にやるべきことは、所持金の両替でも、タクシー探しでも、旅程の確認でもなくて、まずその国の人々に敬意を払うことだ。

もしこれができないのであれば、旅行へなど行くべきではない。

先日、カンボジアのアンコール遺跡を訪れた。言わずと知れた世界文化遺産で、約四百平方キロの土地に、それはそれは美しい遺跡群が建ち並んでいる。

旅も二日目、すっかり親しくなったガイドのピンさんと一緒にアンコール・トムを訪れた時だった。アンコール・ワットは寺院だが、ここアンコール・トムは十二世紀後半に造られた王都であり、四面仏塔の乱立するバイヨン寺院を中心に、当時世界最大規模の都市として繁栄していた。

このアンコール・トムを囲む壕《ほり》に美しい橋がかかっている。橋の欄干にはヒンズーの天地創造にまつわる神話「乳海攪拌《にゅうかいかくはん》」をモチーフに、神々と阿修羅の像がそれぞれ五十四体ずつ、ナーガと呼ばれる多頭の大蛇を抱えて、綱引きするような形で並んでいる。

八百年の時を経てもその美しさに遜色はないが、さすがに長い歴史に晒《さら》されて、かなりの箇所が崩れかけている。

ピンさんから不老不死の薬を作ろうとした「乳海攪拌」の話を聞きつつ、また携帯電話のカメラであまりに美しい遺跡を撮影しつつ、この橋をのんびりと渡っている時だった。

ジョギングしてきた白人男性がふと立ち止まり、僕に自分の携帯を渡して写真を撮ってくれという。

「はいよ」と気軽に受け取った次の瞬間、その男がなんと重要遺跡のナーガの胴体に跨《また》がって、こちらにニコリと笑顔を向ける。

あまりにも自然な動きだったため、一瞬、何が起こったのか分からなかったが、それまで一貫して穏やかだったガイドのピンさんがさすがに、「ノー!」と声を上げた。

いやいや、そりゃそうだろうと、我に返って、男がナーガの胴体から降りるのを待つ。が、男はなかなか降りようとせず、ロシア語で何やら言って笑っている。

ノー。

ピンさんと同じように僕も言ってみるが、男はまだ降りない。

その時、横から「ニェット！」と、同行していた幻冬舎の茅原さんが割って入った。この茅原さん、このエッセイにも度々登場する担当編集者で、以前の回では内モンゴル自治区でホーミーを歌っているが、なんとロシア語も堪能なのである。

だが、さすがに英語が分からなくても、「ノー」くらいは分かるはずで、実際、茅原さんが「ニェット！」と言っても、近くにあった「遺跡に触れるな」と書かれた注意書きを指差しても、男は動じない。

「信じられない……」

男が何を言って笑っているのか分かったらしく、茅原さんが呆れ果てたように呟く。

「なんて言ってんですか、この人」

「カンボジア人は乗っちゃダメだけど、観光客はいいんだって、笑ってるんですよ」

まさに開いた口が塞がらない。

ロシア人の名誉のために言っておくが、この男はもちろんロシア人の代表ではない。敢えて何かを代表しているとすれば、無知で無礼な人間の代表だ。

茅原さんの話を聞き、ピンさんはもう言い争う気力も失せたようで、その顔はうんざりの度を越えて、悲しそうに見える。

それでも男は降りようとしない。

ここで、自分でも弱い人間だなあと分かってはいるのだが、おそらくこの男ももう引っ込みがつかなくなっており、ここで写真さえ撮ってやれば、素直に降りるんだろうなとつい思ってしまう。

幸い、まだ手には彼の携帯があったので、「はい、じゃあ」と撮るふりだけしてやると、実際に男は降りてきた。

なんだかとっても嫌なものを渡すように、携帯を返す。

男は何事もなかったかのように走っていく。こちらもたった今の嫌な出来事を忘れようと、話を「乳海攪拌」に戻す。

ただ、頭の中では後悔ばかりが渦巻いている。

ああ、なんで写真を撮ったふりなんかしちゃったんだろう。ああ、なんでもっとはっきりとダメなものはダメだと言わなかったのだろう。

不幸なことに、この男のせいで、アンコール・トムという美しい遺跡が嫌な記憶として残る。訪れた国や人に敬意を払わない人間というのは、こうやって出会った人の記憶まで汚すのだ。

とここまで書いて、自分も何か、これまでの渡航先でその国の人たちに嫌な思いをさせたことがあるのではないかとふと不安になる。

もちろん無意識ながら失敗したことは幾度もある。たとえばブータンを訪れた時、ある村で年に一度のお祭りが行われていた。

大勢の人たちが集まった寺の広場では三日間仏教徒たちの踊りが披露され、最後の日には寺院の建物を覆うほどの巨大な大仏画が開帳される。

この大仏画を見上げるように村人たちは広場でお祈りを捧《ささ》げるのだが、午前中、ついよく見える場所から見学しようと、そんな彼らを見下ろせる場所に腰かけていた。しかし午後になって、広場に降りた時、午前中の僕と同じように大仏画の横に陣取り、足をぶらぶらさせながらこちらを見下ろしているフランス人グループの姿が目に留まり、自分がなんと失礼なことをしていたのだろうかと、冷や汗が出るほど恥じ入った。

おそらくフランス人グループの人たちだって、なにも村の人たちを侮辱しようと高い場所に上ったわけではない。ただ、彼らやこの村の文化を知りたくて、また彼らに近づきたくてそこに座っただけなのだ。

そういえば、アンコール・トムにあるバイヨン寺院は世界的にもかなり珍しい造りになっているという。なんとヒンズー教と仏教の「混交寺院」らしいのだ。

もちろん説はさまざまある。

仏教寺院として建てられたが、その後ヒンズー教の繁栄とともにヒンズー色が強くなったという説。実際、寺院の壁に彫られていた仏像の方だけが無惨に削り取られている跡がいくつも残っている。

しかし、ガイドのピンさんはこういう説明もしてくれた。

「これを作った王様は仏教徒でしたけど、きっとヒンズー教も大切にしようと思ったんでしょうね」と。

もしそれをピンさんが信じているのだとすれば、僕もまたそんなピンさんを全力で信じたいと思う。

おしゃれプノンペン

カフェとの相性が良い街というのは、それだけで気分が上がる。

先日、カンボジアのプノンペンを訪れた。前泊旅の目的がシェムリアップにあるアンコール・ワットだったこともあり、前泊するプノンペンについては予備知識無しの訪問だった。

空港から市内へ向かうタクシーの車窓を流れていくのは、まだまだ混沌《こんとん》としたアジアそのものの風景で、渋滞した車の排気ガス、すり抜けていくバイクの騒音、屋台で売られる料理のスパイスの匂い、裸足《はだし》で歩く子どもの踵《かかと》、赤土に残った水たまり、そして幸せそうに眠る野良犬の親子。

そんな牧歌的な風景を眺めていると、ホテルにチェックインしたあと、夜遊びに出かけるというタイプの街ではないのだろうと思えた。

しかし、タクシーが喧噪《けんそう》の大通りから街路樹の多い路地に入った途端、急に雰囲気が変わった。

すでに夕暮れ時で、南国の赤い夕日が通りを染めている。葉の豊かな街路樹も、コロニアル風の建物も、客待ちのトゥクトゥクも、それら全ての色が濃い。

通りにはシャレた店が並んでいる。シャレたと言っても、この牧歌的な国ではシャレている方の、というようなレベルではなく、表参道の裏道や、ロンドンのウェストエンドにあっても何の違和感もないようなカフェやレストランなのだ。

その上、東京やロンドンと違って、その造りがゆったりとしているので、全面ガラス張りの店内でくつろぐ客たちの間を、南国の心地よい風が吹き抜けていくようでもある。

あとで知ったことだが、この辺り、プノンペンの「ボンケンコン・エリア」というらしい。

なんでも一九九〇年の初頭、この近辺にあった老舗ホテルに各国のNGO関係者や政府関係者が長期滞在をし始めたのがきっかけで、とくれば、一日に一杯は旨いエスプレッソが飲みたい、朝はエッグベネディクトが食べたい、週末には上等なワインだって飲みたい、ということになっただろうと思われる。

結果、この界隈《かいわい》に、カフェやレストラン、ゲストハウスがぽつりぽつりとオープンし始めたという。

現在では、外国人用アパートが建ち並び、ヴィラ風ホテル、スパと、その勢いはどんどん南下しているらしく、お隣のタイのバンコクでもそうだが、ある意味で規制がゆるいのか、建物の意匠に大胆なもの（おそらく日本では建築法上で許されないような）が多く、それらが南国の濃い夜の中、強い照明に照らし出されている様子は、どこか現実離れした雰囲気が漂っている。

ホテルにチェックインして、軽くシャワーを浴びたあと、夕食をとろうと外へ出た。

蒸し暑い夜を予想していたが、たまたまだったのか、少し肌寒いほどだった。それでも真冬の東京からなので、街を歩くだけでも心地よい。

ガイドブックも持たずに出てきたので、界隈をぶらりと歩いて、直感で店を決めた。

東南アジアではわりと多いことだが、客はほとんどいないのに、やたらとスタッフが多い。二階建ての大きなカンボジア料理の店で、屋上にテラス席もあるという。

では、ちょっと肌寒いが、せっかくなので屋上へ。

この旅行、幻冬舎の茅原秀行さんとアーティストの下田昌克さんとご一緒だった。

乗ってきたのが成田を早朝に発《た》つ便で、途中、ホーチミンでの乗り換えもあったりして、到着したこの日は三人ともかなり疲れていた。

口数も少なく、渡されたメニューを眺める。幸い、旅行者用に写真がついている。

「これ、どうっすか？」

「いいっすね」

「これは？」

「それもいいっすね」

「じゃあ、これとか」

「いいっすね」

みんな、本当にいいと思っているのかどうか、もう選ぶのも面倒、同意するのも面倒である。

「あ、スープも頼みます？　種類豊富みたいですし」

「じゃ、スープも」

「どれにします？」

「てきとうで」

地元のビールで乾杯し、夜風を浴びる。街路樹が多いせいか、森の中にいるようでもある。

まず届いたのが、てきとうにオーダーしたスープだった。みんな、無言で啜《すす》る。

「あ……」

「ん？」

「え？」

三人の声が重なる。

「こ、これ、うまいっすよね」

「うまい。何、これ」

今の今まで夏休みの最終日みたいだったのが、途端に夏休みの初日に逆戻りする。

控えめによそったスープはあっという間になくなり、みんな先を争って二杯目をよそう。

とにかく旨い。

いわゆる透明なサワースープで、中身は豚肉と各種野菜なのだが、レモングラスが強く、そこに生姜《しょうが》、もしかするとウコン的なものもたくさん入っていて、疲れとれそうだし、体あったまりそうだし、力つきそうだし、なにより旨い。

その後、ふたたび無言になったが、今度の無言はさっきまでのものとは違う。

「私は美味しいスープで生きているのであって、上品な言葉で生きているのではない」とは、劇作家モリエールの言葉だが、まさに旨いスープに言葉はいらない。

さて、カフェのエスプレッソは旨いし、カンボジア料理のスープは旨いしと、おしゃれプノンペンこと、ボンケンコン・エリアでの半日は充実したものになった。

現在のプノンペンがどのような感じか。譬えるなら、こんな光景になる。

この夜、寝る前にホテルのバーへ寄った。中華系のおしゃれホテルで、さほど大きくはなかったが、屋上にはプールがあった。

バーもそこにあり、眼下にプノンペンの夜景が一望できる。一組だけ先客がいた。下田さんが空港で買ったドライフルーツのお裾分けをしながら声をかけると、建築関係の仕事で来ているという韓国の人たちだった。

「この街も、あっという間に変わるんでしょうねえ」

「さっきの旨いスープは残ってほしいなあ」

実際にそんな会話をしたわけではないが、急成長するプノンペンの夜景を眺めながら、旅先で偶然出会った者同士、おそらくこんな会話を心の中でしていたような気がする。

ちなみに、下田さんがホーチミンの空港で買ったドライフルーツは、苦手なドリアンだったのだが、これが微妙に美味しかったのが不思議だった。

四〇〇万人分の笑顔

普段、旅先では午前中になるべく予定を入れないようにしている。朝から忙しく動きたくないというのが理由だが、起きてから昼まで時間があると思うだけで、なんだか贅沢な旅行をしているような気がするからだ。

ただ、今回のこんぴらさんのような例外もある。

本来、四国の琴平には別の用事で行ったのだが、せっかく琴平まで来て、こんぴらさんに登らないのは、なんとなく縁起が悪そうでもある。

かといって、日程的にはギリギリなので、決行するとなれば、そうとう早起きして向かうしかない。

同行者たちとの相談の末、やはり行こうということになり、前夜の酒も抜け切らぬだろう早朝に集合と相成った。

さっき寝たと思ったのに、もう目覚ましが鳴る。窓の外はまだ薄暗く、やはりさっきまで飲んでいた酒は残っている。それでも必死に体を起こし、とりあえず朝風呂だと、大浴場へ向かう。

浴衣を脱いで、かけ湯して、ドボンと熱い湯に浸かってみれば目も覚める。バシャバシャと顔を洗い、露天風呂があるというので外へ出る。

露天といっても、さほど大きくもない桶風呂《おけぶろ》が一つ。幸い誰も入っていないので、朝日を浴びた湯の中にそろりと浸かる。立つ湯気が、朝のひんやりとした風に流れていく。

背後でガタガタとやけにうるさい扉の音が立つ。引けばいいのに、無闇やたらと押している。

何をやってんだか、と眺めていると、やっと開いた扉から顔を出した若い男が、「Sorry……」と申し訳なさそうに謝ってくる。

こういう時、「謝る必要ないよ」などとさらりと英語で返せればいいのだが、語彙もない上に寝起きだから、「No, no」くらいしか出てこない。

小さな桶風呂に二人だったので、なんとなく、「どちらからですか？」と尋ねてみると、「香港です」と教えてくれる。

「四国旅行？」

「はい。九州と四国」

「九州はどこへ？」

たぶん黒川温泉とか、由布院なのだろうが、漢字を中国語読みするので、残念ながら分からない。かといって、お互いにどうしても訊きたいわけでも、教えたいわけでもないから会話は続かない。

その辺りで、彼の父親も露天へ出てきた。なんとなく会釈すると、お父さんもなんとなく会釈する。

その後、二人が広東語で話し出す。四国の琴平で広東語を耳にしながら朝風呂に浸かっているのも、なかなか乙なものだなあと思っているうちに時間もなくなり、慌てて風呂を出た。

ホテルのロビーに下りると、講談社の見田さんと友人のIさんがすでに待っている。ヒールだった見田さんは、旅館でスニーカーを借りたらしい。

「昨日は、ちょっと飲み過ぎましたね」

「まだ、抜けてませんよ」

などと話しながら、ホテルを出て、いざこんぴらさんへ。

ご存知だと思うが、こんぴらさんはその御本宮まで七八五段の石段を登っていく。

登り始めて三〇〇段ほどまでは、石段の両側にみやげ物屋などが並び、わりと楽しんで登っていける。そのうち大きな門が現れる。

「え？　着いた？」

初めてこんぴらさんを訪れた人は必ず勘違いするらしい。僕らも同様、「なんだぁ」と余裕を見せたのだが、なんとまだここで三六五段だった。

とすると、途端に先が長く感じる。正直、ここまででもかなり息は上がっているし、喋《しゃべ》りながらなので疲労も溜《た》まっている。おまけに寝不足の、二日酔い気味。

この辺りからはみやげ物屋もなくなって、雰囲気も神社然としてくるせいか、次第に参拝客たちの口も重くなる。小さく「よいしょ、よいしょ」と手で膝をつき、なるべく上を見ないように登っていく。

ちょうど桜が終わった季節だったが、桜馬場と呼ばれる辺りまで来ると、急に視界が開けて、真っ青な空が広がる。そのせいか、乱れていた息も少し整って、せいせいした気分になってくる。

「さて、残り四〇〇段」

四七七段、着見櫓《つきみやぐら》。

五九五段、祓戸社《はらえどしゃ》、火雷社《ほのいかづちしゃ》。

六二八段、旭社《あさひのやしろ》ときて、賢木門《さかきもん》、闇峠《くらがりとうげ》を抜け、いよいよ七八五段の御本宮。

「着いたー！」

真っ青な空、濃い森の樹々、そして日を浴びた白い砂利。

なんだろう、とても気持ちの良い達成感である。自然と三人とも笑顔になる。

ああ、なるほどな、と思う。

このこんぴらさんには、年間四〇〇万人が訪れるという。とすれば、毎年四〇〇万人がここ御本宮の前で、「着いたー！」と満面の笑みを浮かべるのだ。

四〇〇万人分の笑顔。

考えただけで、ここがどれほど運気のよい場所かが分かる。

御本宮からは琴平の町が一望できた。讃岐富士と呼ばれる飯野山もくっきり見えて、いわゆる四国特有のおにぎり型のやさしい山の姿に、なんとも穏やかな気分になった。

この日、空港へ向かう見田さんやIさんと別れて、ひとり琴平駅へ向かった。瀬戸大橋を渡って、岡山へ入るつもりだった。

ただ、時刻表も確かめずに来たので、次の特急までまだ一時間以上もある。

仕方なく駅のロッカーに荷物を預け、駅の辺りを散歩した。金倉川沿いにぐるりと回ってくると、高灯籠のある公園があった。

この高灯籠、一八六五年に完成した高さ二十七メートルの灯籠で、日本一高く、国の重要有形民俗文化財に指定されているとある。

この高灯籠のある公園のベンチで一休みした。

枯れていたが藤棚の下のベンチに座っていると、すぐ近くのベンチで制服姿の女の子が二人、真剣に恋愛相談をしている。

もちろん詳細は書けないが、なんだろう、聞いているだけでもう甘酸っぱくなるような会話で、人が人を好きになることが、なんだかとても懐かしくなった。

電車の時間になって、駅へ向かう。

振り返り、改めて琴平の町を眺め、「いいところだったなあ」と思う。

『怒り』完成

もう六年も前になるが、拙著『悪人』が映画化される際、李相日《リサンイル》監督と一緒に脚本を書いた。

長崎、佐賀、福岡と、九州北部を舞台にした逃亡劇であり、恋愛劇でもあった。僕自身が長崎出身でもあるので、この地方の景観の美しさならよく知っていた。だからこそ、「せっかく映画になるのであれば、あの辺りの美しい風景をたっぷりと撮ってほしい。リアス式の長崎の漁港、雄大な佐賀平野、そして雪をかぶった脊振《せふり》山地……、撮ってほしい風景はいくらでもある」と、監督に提案した。

その際の監督の言葉を、未だにはっきりと覚えている。

「吉田さんの気持ちは分かりますが、景色は景色でしかないんです。僕は、その代わりにそれぞれの場所で、それぞれの登場人物たちの顔のアップを撮りたいんです」

長崎では犯人役の妻夫木聡《つまぶきさとし》さん、佐賀では犯人と逃亡する役の深津絵里さん、そして福岡では被害者役である満島《みつしま》ひかりさんと柄本明さん、それぞれの顔のアップを景色の代わりに撮っていくという。

正直、はっとさせられた。監督が言わんとしたこととは少しニュアンスが違うのかもしれないが、顔というものが生まれて初めて景色として見えた瞬間だった。

大人になればなるほど、ものの見方は固定化していく。柔軟になろうと努力はしても、気がつけば、慣れた見方で世の中を見ている。大人になると、なかなか友達ができなくなる理由も、きっと同じ理由からだと思うが、だからこそ、こういう風に新しいものの見方を教えてくれる人に、大人になってから出会えることは奇跡的でもある。

あれから六年……、幸運なことに、今年ふたたびこの李相日という稀代《きたい》の映画監督が、拙著を映画化してくれる。

公開は来月（二〇一六年九月）、タイトルを『怒り』という。

簡単に内容を紹介させてもらうと、この物語は東京の八王子で起こったある事件で幕を開ける。

事件の犯人は、犯行現場に「怒」というメッセージを残して逃亡。手がかりのないまま、一年が過ぎようとしている。

その頃、千葉の漁村に暮らす父娘の前に、素性の知れない若い男が現われる。家出を繰り返すこの娘を宮﨑あおいさん、娘を見守り続ける父親に渡辺謙さん、そして若い男を松山ケンイチさんが演じている。

また、同じ頃、東京では妻夫木聡さん演じる会社員が、やはり素性の知れない男、綾野剛さんと知り合い、同棲を始める。

そして、やはり同じ頃、遠く離れた沖縄の離島では、広瀬すずさん演じる少女が、無人島で野宿しているバックパッカーの男、森山未來《みらい》さんと出会う。

それぞれの場所で、それぞれが少しずつ近づき、少しずつ相手を信じていく。誰かを信じるということ、そして誰かに信じてもらえるということが、人生においていかに大切なことであるかを感じ取っていく。

しかし、そんななか、逃亡を続ける事件の犯人に迫る公開捜査番組がテレビで放映される。

テレビに映し出される犯人のモンタージュ写真と、自分が信じようとしている人が似ている。いや、似ていない。

まさか、目の前のこの人が犯人なわけがない。

いや……、ではなぜ、この人は素性を明かさないのか。

それぞれがそれぞれに悩む。信じていたはずの相手を疑う自分の弱さに悩む。

そして、千葉、東京、沖縄……、このどこかに犯人はいる。

先日、完成した映画『怒り』を試写で見せてもらった。

正直、圧倒された。

これまでに見たことがない映画だった。

終わっても、立ち上がれなかった。

いつまでも、生々しく、俳優たちの体温が劇場に残っているようだった。

どうにか立ち上がって試写室を出ると、ロビーで李相日監督に声をかけた。素直に感想も述べた。

監督は、「この小説を映画にするのは難しかった」と言った。「……『悪人』というのは、タイトル通り、悪い『人』の話なんです。だから『人』を撮ればいい。でも、今回撮らなければならないのは、『怒り』なんです。感情なんです」と。

今回、この映画のポスターを、篠山紀信さんが担当されている。

いわゆる別撮りではなく、映画の撮影直後にそれぞれの役者さんたちがそれぞれの役のまま、篠山さんの被写体になる。

スケジュールの問題もあるのか、実はこういうポスター撮りというのは贅沢なことで、ありそうでほとんどないのが現状らしい。

このポスター、タイトルの「怒り」という文字を、七人の登場人物たちが囲むデザインになっている。

渡辺謙さん、森山未來さん、松山ケンイチさん、綾野剛さん、広瀬すずさん、宮﨑あおいさん、妻夫木聡さん。

錚々《そうそう》たる、という言葉以外にない。

そして、何よりもこのポスターの写真で驚かされるのが、七人それぞれの表情だ。

森山未來さん、宮﨑あおいさん、妻夫木聡さんの三人は、笑っているように見えなくもない。だが、その顔をじっと見つめているうちに、泣いているようにも、怒っているようにも見えてくる。

逆に、渡辺謙さん、松山ケンイチさん、綾野剛さん、広瀬すずさんたちは、一見、憤怒の表情を浮かべているように見える。だが、やはりこちらも同じで、しばらく見つめていると、その目の奥に安堵や安らぎ、希望のようなものが見えてくるのだ。

たった一つの動かぬ表情で、彼らはいくつもの感情を見せる。人間はこれほどたくさんの感情を持っているのだと、たった一枚の写真で私たちにはっきりと伝えてくる。

川端康成の小説で能面について書かれているものがある。見る者の心の持ちようで、その表情は変わると書いてある。

李相日監督は、この『怒り』という映画で、人間の感情を撮ることに成功したのだと思う。だからこそ、僕はこれまでに見たこともない何かの前で、圧倒され、席を立てなかったのだ。

『怒り』舞台裏

ホテルという空間がとても好きだ。

旅行好きでホテル嫌いの人は少ないと思うが、最近ではもはや旅行に行くからホテルに泊まるのではなく、ホテルに泊まりたくて旅行に出かけているようなところもある。

では、ホテルの何がそんなに好きなのだろうかと考えてみると、まず浮かぶのは客室の清潔なリネン類で、もちろん日常生活のリネン類が不潔なわけではないが、やはりホテルのそれからは非日常を感じさせられる。

加えて、部屋に自分の物がないという状況も、魅力的なのかもしれない。

当然、旅行バッグで運び込んだ物はあるが、それ以外に、昨日までの自分に関わる物がないという状況は、なんというか、とても人を自由な気持ちにさせてくれる。

もちろん、ホテルならどこでもいいというわけではない。名前は伏せるが、東京で一番好きなホテルに行く際、どこか神社にでも行くような気分になっていることがある。

なにもホテルにお参りするわけではないが、良いホテルには神社仏閣が持っているような良い「気」というのか、ある種のパワーがあって、少し大げさに言うと、自分の日常が一つレベルを上げるような気分にさせてくれる。

おそらくホテルという場所が、結婚式やパーティーなどの祝い事が多いハレの場であることも関係しているのだと思う。

以前にも書いたが、やはり笑顔が集まる場所というのはそれだけで何か巨大なパワーが生まれるのだ。

普段はこうやって旅先で宿泊したり、食事をしに行ったりする場所のホテルで、先日、とても貴重な体験をさせてもらった。

拙著『怒り』が映画化され、その完成報告会見なるものが、ザ・リッツカールトン東京で大々的に催されたのだ。

読者の皆さんも、舞台にずらりと並んだ俳優さんたちが完成した映画について話している様子を、テレビなどで見たことがあるのではないだろうか。

もちろん、僕自身も基本的にはテレビなどで見たことがある程度なのだが、今回は原作者ということで、なんとも豪華で晴れやかな場所に立たせてもらった。

普段、ああいう会見の裏側というのはなかなか見ることができないので、ちょっとだけここで紹介させてもらおうと思う。

まず、今回の会見は、数ある完成報告会見の中でも、破格の規模だったらしい。

というのも、主演の渡辺謙さんを始め、森山未來さん、松山ケンイチさん、綾野剛さん、広瀬すずさん、佐久本宝《たから》さん、ピエール瀧《たき》さん、三浦貴大《たかひろ》さん、高畑充希《みつき》さん、原日出子さん、宮﨑あおいさん、妻夫木聡さん、という正真正銘に日本を代表する俳優さんたちが勢揃いしており、そこに監督の李相日さん、プロデューサーの川村元気さんも加わっているからだ。

まず会見会場はホテルのメインバンケットルームで収容人数四百名を誇るグランドボールルーム。その上、このフロアを丸一日貸し切る形で行われる。

当日、ホテルに向かったのは正午前、会見が始まる一時間ほど前だった。

ホテルの入口に到着すると、映画会社の方が待機しており、「どうぞこちらへ」と恭しく控え室へ案内してくれる。こちらは着慣れぬスーツの裾や襟を直しながらあたふたとあとを追う。

聞けばすでに会見会場には雑誌やテレビなど多くのマスコミ関係者が続々と集まっているという。その数およそ三百人。ただ、案内された舞台裏もまた、それと同じくらいの人でごった返している。こちらはいわゆる関係者と呼ばれる方々で、製作、芸能事務所、スタイリストさんにヘアメイクさん、もちろん出版社の僕の担当をしてくれている人たちもこの晴れ舞台のために駆けつけてくれている。

このフロアに入ってすぐのところに、渡辺謙さんがいらした。偶然、あんな場所にいたとは思えないので、おそらく早めにいらして続々とやってくる緊張気味の関係者たちをあそこであたたかく迎えていらしたのではないかと思う。

渡辺謙さんがわざわざそんなことをするの？　と思われるかもしれないが、これまでに何度かお会いして、お食事までご馳走になったことのある僕からすると、謙さんはそれをなさる。それも計算のない素の部分でなさる。

謙さんに迎えて頂き、そのまま控え室へ向かう。控え室は監督の李相日さんと一緒に使わせてもらったが、このあと夜の十時までこのフロアに滞在して、その間、この控え室へ戻れたのは、たったの二十分間だけだった。

というのも、この日、一時間ほどの会見が終わった直後から、いわゆるテレビや雑誌の取材が同じフロアの各部屋で始まるのだ。

ちなみに原作者の僕でさえ、夜の十時までに十一媒体の取材が入っている。原作者でこの量なのだから、もちろん俳優さんたちはそれ以上であり、この日だけということでもない。

会見そのものは和気藹々とした雰囲気だった。僕などはとにかく慣れぬので、最初の頃は目の前で光るカメラのフラッシュやずらりと並んだテレビカメラの多さをただただ珍しげに眺めていたのだが、俳優さんたちのこの映画に込めた強い思いを聞いているうちに、会場の後ろの方に座って見守ってくれている『怒り』の担当編集の山田有紀《ゆき》さんや法輪光生《のりわみつお》さん、そして宣伝の東山健《けん》さんなどの顔が見えて、感無量というか、感謝というか、とにかく胸が熱くなる思いだった。

盛大な会見の直後から始まった取材も、とても楽しい経験だった。それはひとえに、李相日監督が『怒り』を素晴らしい映画にしてくれたお陰で、一映画ファンとして、この素晴らしい映画をとにかくいろんな人に見てほしいと、様々な媒体で紹介できるのはとても光栄なことだ。

とはいえ、二十分、三十分刻みで、十時間の取材と写真撮影に応えていくのは、かなりタフな体験でもある。

たとえば、一つの取材が終わると、「はい、次の部屋にご移動お願いします」と貸し切ったフロアを横断して別の部屋に行く。その部屋には、別の取材を終えた謙さんが待っていらしたり、次の部屋へ移動すると、今度は妻夫木聡さん、宮﨑あおいさん、広瀬すずさんがいらしたりする。もちろん、僕以外の皆さんはもっと速いスピードで部屋から部屋へと移動していく。

長丁場、当然、緊張もした。なので、さすがに全部の取材が終わると、「ビール！　ビール！　そして外に出たい！」と、思わず口走っていた。

幸い、テラス席のあるユニオンスクエア東京という好きなレストランがまだ開いていた。早速、キンキンに冷えたビールを頼む。目の前には芝生の公園。七月の東京の夜は、ねっとりとした夜気だったが、ずっと乾燥した室内にいたので、逆に心地よい。

「乾杯！」

みんなでグラスを合わせた。冷えたビールが喉を流れ落ちていく。夏の夜風。いい日だったなあ、としみじみ思う。

文庫版あとがき

「まさか」という言葉の語源を調べて、妙に腑に落ちた。

ちなみに「まさか」とは、一説に、「まさき（目前）」から転じたもので、本来は名詞として使われており、「目の前のこと」、要するに「現前」とか「現在」を意味する言葉だったそうである。

この原稿を書いているのは、二〇二〇年の暮れなのだが、考えてみれば、今年ほど「まさか」という言葉を口にした年もないのではないだろうか。

まさか東京オリンピックが延期になるなんて。

まさか緊急事態宣言が出されるなんて。

まさか自由に遊びに行けない日が来るなんて。

ただ、この「まさか」の語源が「まさき（目前）」であったことを思えば、少し見え方も違ってくる。

要するに「まさかの状況」というのは「目の前にある現実」のことである。逆に言えば、私たちは日々「まさか」にぶつかりながら過ごしていることになる。

予知能力でもない限り、私たちは一分一秒先のことでさえ予測できない。この先に何があるのか分からないまま、いつも足を前へ踏み出しているわけだ。イメージしてみると、とても恐ろしい行為である。一歩先が断崖絶壁かもしれないのに、私たちは躊躇《ちゅうちょ》なく足を前に出す。

ただ、それが生きるということである。

だからこそ、私たちはそれでも足を前に出すのである。

ＡＮＡの機内誌「翼の王国」で連載しているエッセイをまとめた『泣きたくなるような青空』『最後に手にしたいもの』の二冊を、続けて文庫にしていただけることになった。

この連載エッセイ集も『あの空の下で』『空の冒険』『作家と一日』と続いて、すでに五冊目に突入している。

文庫化にあたり、久しぶりに読み返してみたのだが、改めて、「国内外含め、いろんな場所を訪れたなぁ」と感慨深い。

基本的に旅情をテーマとしたエッセイであるから、旅先のスケッチが多い。

台北や博多の屋台で舌鼓を打ち、沖縄やスイスの真っ青な空に目を奪われ、恩人たちのことを語って感謝し、そしてまた新しい場所へ旅立っていく。

そこには人や場所との出会いがあり、人や場所の匂いがあり、人や場所の声が聞こえ、人や場所の手触りがある。

そして今回、なによりも驚かされたのが、そうやって日々の旅を続ける自分自身が、この旅が続くことに、なんの疑いも持っていないことであった。

今回、改めて一編一編のエッセイを読み返しながら、台北や博多の屋台にいる自分や、沖縄やスイスの青空の下に立つ自分に、こう言ってやりたい気持ちにあふれる。

「お前は奇跡の中にいるんだぞ」と。

お前は日々、奇跡の上に立っているんだぞ。だからこそ、こんなに空は青く、風は清らかなんだぞ、と。

一年前にこんなセリフを吐けば、さすがに自分でもクサいと思ったかもしれない。ただ、コロナ禍を経験した私たちは、もうこの奇跡を知っている。いや、だからこそ、私たちはそれでもまた足を前に出すのだ。

奇跡といえば、読者の皆さんとの出会いについても書かずにはいられない。

あの青く高い空の上、皆さんは退屈しのぎに座席のポケットから機内誌を抜き取る。窓の外には美しい雲が浮かんでいる。手元のカップからは香ばしいコーヒーの香りが立つ。

皆さんが私のエッセイを読んでくれる。

あのどこまでも広い空の上で。その膝の上に雑誌を広げて。

こんな出会いの奇跡があるだろうか。

吉田　修一

本書は、二〇一七年十月、木楽舎より刊行されました。

初出　『翼の王国』二〇一二年九月号〜二〇一六年九月号

吉田修一の本

空の冒険

失業してつらい時に胸に浮かんだ憧れの人。7年越しの恋人から急に別れを告げられ、訪れた異国の街——。人生の一場面を鮮やかに切り取った短編12編と、様々な国をめぐった11編のエッセイ。

集英社文庫

吉田修一の本

作家と一日

ポルトガルでパトカーに乗せられたり、なぜか別府でタイ古式マッサージにハマったり……。やっぱり旅っていいもんだ。ＡＮＡ機内誌『翼の王国』連載で好評を博す、珠玉のエッセイ集第３弾！

集英社文庫

吉田修一の本

泣きたくなるような青空

旅ってやっぱりいいもんだ。台北や博多の屋台で舌鼓を打ち、沖縄やマレーシアの真っ青な空に目を奪われる。旅に出ることが出来る、それだけで奇跡。このご時世、まずは「読む旅」を。

集英社文庫

集英社文庫

最後《さいご》に手《て》にしたいもの

2021年2月25日　第1刷　　定価はカバーに表示してあります。

著　者　吉田修一《よしだしゅういち》

発行者　徳永　真

発行所　株式会社 集英社
東京都千代田区一ツ橋2-5-10　〒101-8050
電話　【編集部】03-3230-6095
【読者係】03-3230-6080
【販売部】03-3230-6393(書店専用)

印　刷　大日本印刷株式会社

製　本　大日本印刷株式会社

フォーマットデザイン　アリヤマデザインストア　　マークデザイン　居山浩二

ISBN978-4-08-744211-3 C0195